山音

やまのおと

川端康成 著
陈德文 译

华东师范大学出版社
·上海·

图书在版编目（CIP）数据

山音/（日）川端康成著；陈德文译．—上海：
华东师范大学出版社，2022
ISBN 978－7－5760－3303－8

Ⅰ．①山…　Ⅱ．①川…②陈…　Ⅲ．①长篇小说－日本－
现代　Ⅳ．①I313.45

中国版本图书馆CIP数据核字（2022）第184144号

山音

著　　者　［日］川端康成
译　　者　陈德文
策划编辑　许　静　陈　斌
责任编辑　乔　健
审读编辑　李玮慧
责任校对　陈　易
装帧设计　吴元瑛
内文设计　卢晓红

出版发行　华东师范大学出版社
社　　址　上海市中山北路3663号　邮编200062
网　　址　www.ecnupress.com.cn
电　　话　021－60821666　行政传真021－62572105
客服电话　021－62865537　门市（邮购）电话021－62869887
地　　址　上海市中山北路3663号华东师范大学校内先锋路口
网　　店　http://hdsdcbs.tmall.com

印 刷 者　上海中华商务联合印刷有限公司
开　　本　890毫米×1240毫米　1/32
印　　张　10.25
插　　页　9
字　　数　187千字
版　　次　2023年3月第1版
印　　次　2023年3月第1次
书　　号　ISBN 978－7－5760－3303－8
定　　价　65.00元

出 版 人　王　焰

（如发现本版图书有印订质量问题，请寄回本社客服中心调换或电话021－62865537联系）

目录

山音

一

尾形信吾微微皱起眉头，稍稍张着嘴，似乎在考虑什么。别人看来，也许看不出他在动脑筋，只是显得很悲伤罢了。

儿子修一虽然觉察到了，但平素也是如此，所以没有放在心上。

在儿子眼里，他更能准确地猜透老爸的心思，与其说在思考着什么，不如说在回忆着什么。

父亲摘掉帽子，用右手手指头夹住，放在膝盖上。儿子默默拿起那帽子，放在电车的行李架上。

“那个，哎呀……”

这时候，信吾很难开口说话。

“前些时候回去的女佣，叫什么来着？”

“是说加代吗？”

“啊，是加代，她是什么时候回去的?”

“上星期四，五天前。”

“是五天前吗？五天前告退回家的女佣，怎么连脸型和穿的衣服都不记得了呢？真叫人懊恼啊!”

修一认为，父亲多少有些夸大其辞。

“加代她呀，大概是辞职前两三天吧，我外出散步，想换上木屐，嘴里嘀咕着：‘染上脚气了吧?’加代回应道：‘好像不经意中磨破的。’她说得很恰当，使我非常感动。因为，前几天散步时，的确是木屐带子磨破的，这个‘不经意中’三个字含有尊敬的意味，叫人听起来很有心，所以很感动。不过，现在想想，她只是指出木屐带子磨伤的，并不含有任何尊敬的意思。我只是被发音的轻重蒙混过去了。如今突然醒悟过来啦。”信吾说着，“你说个敬语的Ozure词儿我听听。”

“Ozure（御磨破）。”

“木屐带子磨破的呢?”

“Ozure（绪磨破）。”[①]

“是啊，还是我想得对呀。加代的重音搞错了。”

父亲是乡下人，对东京话的重音没把握，而修一是在

---

① 日文汉语词“御”与“绪”，发音皆为“O”，意义不同，前者是敬语接头语，后者是名词“木屐带子”之意。

东京长大的。

“我把 Ozure 当作敬语了，所以听起来很亲切，很悦耳。她把我送出门厅，就坐在那里了。现在想想，她说的就是木屐带子，不是什么敬语。我一下子想不起来这位女佣的名字了，脸型和衣服都记不清楚啦。加代在家待了半年了吧?”

“是的。”

修一习惯了，他对父亲不表任何同情。

对于信吾本人来说，即便已经习以为常，依然带有轻度的恐怖。不管他如何回想，总也浮现不出加代清晰的形象。这种头脑虚空带来的焦躁，有时因为涌来的感伤而获得缓解。

眼下也是如此。信吾想起加代在门厅里双手着地，微微前倾着身子说道：

“是木屐带子磨破的啊。”

女佣加代在这个家里待了半年，只给信吾留下在门厅里为主人送行的记忆，信吾想到这里，感到自己的人生在逐渐消逝。

二

信吾的妻子保子，比丈夫大一岁，六十三了。

老夫妻有一男一女，姐姐房子生了两个女儿。

保子看起来很年轻，不像是妻大于夫。这倒不是说信吾已经老迈，按照一般的惯例，妻子总要小一点，不过看起来没有什么不自然，这或许同她身个儿小巧而结实有关。

保子不是美女，年轻时自然显得年长，所以她过去不愿意和信吾一起外出。

打从什么岁数开始，别人才自然地采用“夫大妻小”这一常识看待他们了呢？信吾怎么也记不起来了。很可能是五十过半吧？女人本当老得快，谁知正相反。

去年过了花甲之年的信吾，吐了点血。似乎是肺有了毛病，但既没有认真检查，又没有注意养生，其后倒也没有什么障碍。

他没有因此而变得老衰，反而皮肤愈发光洁了。躺了半个多月，眼睛和嘴唇的颜色也返老还童了。

信吾没有既往结核自觉症状，六十岁第一次咯血，对这事实在感到有点凄惨，为此他逃避了医生的诊断。修一认为老人冥顽不化，但对于信吾，却不这么看。

保子或许因为健康，睡眠很好。信吾半夜里有时似乎被保子的鼾声惊醒。据说保子十五六岁时就有爱打呼的毛病，父母为矫正费尽苦心。结婚后不打呼了，过了五十岁又犯了。

信吾捏住保子的鼻子摇晃，还没有停止时，再揪住喉结左右摆动。这是在他心情好的时候，要是碰到不高兴，他就觉得这具常年相伴的肉体已经老丑。

今夜又是心情很坏，信吾打开电灯，斜睨着保子的脸孔。他揪住喉结摇摆了一阵，稍稍渗出了汗水。

明确无误地伸手触摸妻子的身体，已经到了唯有制止妻子打鼾的时候，信吾想到这里，顿然感到彻底的悲戚。

拿起枕畔的杂志，因闷热随即起身打开一扇挡雨窗，然后蹲在那里。

月明之夜。

菊子的连衣裙耷拉在挡雨窗外，闪现着可厌的极不雅观的淡白。信吾看到了，以为是洗涤的衣服忘记收了，又或许是置于夜露之下去除汗臭。

“嘎——，嘎——，嘎——！”他听到院子里的响声，是左首樱花树干上蝉的啼鸣。他虽然怀疑蝉怎么会叫出如此可怕的声音，但确实是蝉鸣。

蝉有时也害怕做噩梦吗？

蝉飞进屋子，趴在下半边的蚊帐上。

信吾捉住了那只蝉，蝉不叫了。

“哑巴蝉。”信吾嘀咕着，不是那种“嘎——嘎——”鸣叫的蝉。

为了防止蝉误以为亮光再飞进屋里来，信吾用力把蝉投向左首樱树的上空，但手中没有感应。

他抓住挡雨窗向樱树那里张望，弄不清蝉是否停留在树上。月夜深沉，可以感受到夜的深沉向着一侧一直延续到远方。

还有十天到八月，已经有虫鸣了。

可以听到夜露从一些枝叶滴落到另一些枝叶上的响声。

就在这个时候，信吾听到山的声音。

没有风。月亮也近乎满月时的明朗。潮润的夜气，使得描绘着小山顶端的树木的轮廓变模糊了，却在风中纹丝不动。

信吾所在的廊子下边的凤尾草，叶子也没有摇动。

在镰仓的所谓“谷涧”，有时候夜晚能听到波涛声，信吾怀疑是海的声音，其实是山音。

虽说好似遥远的风声，但具有可以称为“地鸣”的深邃的底力，听起来似乎就在自己的头脑里，信吾以为是耳鸣，他摇摇头。

声音停止了。

声音停止后，信吾开始受到恐怖的侵袭。是否预告着死期将临呢？他感到不寒而栗。

风声，海声，还是耳鸣？信吾打算冷静地想一想。他觉得不像是这些声音，然而听起来又确实是山的声音。

仿佛是恶魔通过，震动了山冈。

陡峭的斜坡，因为藏在含蕴水气的夜色之中，山的前面看上去犹如灰暗的岩壁。小山几乎为信吾家的庭院所收纳，说是岩壁，其实就像把一刀切下的半个鸡蛋竖立起来。

近旁和后侧也有小山，鸣响的似乎是信吾家的后山。

透过山顶树木的空隙，可以窥见一些星星。

信吾关上挡雨窗，想起一件奇怪的事。

大约十天前，他在新建的旅馆[①]等候客人，客人没来，只来了一个艺妓，其余的一两个来晚了。

“解掉领带吧，太闷热啦。”艺妓说道。

“嗯。”

信吾听任艺妓为他解领带。

不是老熟人，艺妓解下领带，放入壁龛旁边信吾的上衣口袋里，随后唠起家常。

据说两个多月前，这个艺妓和建筑这家旅馆的木匠差点儿一起殉情。当她正要吞服氰化钾时，对药物的分量能否致死犯起了怀疑。

“那人说了，没错，是致死量，这样一包一包分别包装，就说明分量是够的，不是吗?”

然而她就是不相信，只是一个劲儿怀疑，怀疑。

“到底是谁给装的呢? 会不会有人故意让您和您的女人受折磨，在药物的分量上做手脚呢? 我问他是哪位医生或

① 原文作“待合”，男女（尤指狎客和艺妓）野合之处。

哪家药店，他也不说。太奇怪了，既然两人一块儿殉情，干吗又不肯说呢？真是弄不明白。”

“你在说单口相声吗?”信吾很想这么说，但欲言又止。

艺妓说，她先去找人称一称药物的分量，再重新考虑吧。

“我带到这里来了。”

好奇怪的事啊，信吾想。耳朵里只留下“建筑这家旅馆的木匠”这句话。

艺妓从纸袋里掏出药包，打开来给信吾看。

“嗯?”他只是凝视着。信吾哪里知道那是不是氰化钾。

他一边关紧挡雨窗，一边想起那个艺妓。

信吾进入被窝，他听到山的声音觉得很恐怖，又不好把六十三岁的妻子叫起来诉说一通。

三

修一和信吾在同一个公司。他还充当父亲的记事员。

保子不用说，连修一的媳妇菊子也要分担信吾的记忆。家中三个人全都担当信吾的记忆任务。

在公司，信吾办事处的女办事员也在协助信吾记忆。

修一走进信吾房间，从角落边的小书架上抽出一本书，哗啦哗啦翻看着。

“哎呀哎呀。”修一走到女办事员桌边，打开书页给她看。

“什么事?”信吾笑着问。

修一捧着打开的书本走过来。

书上写着：

——这里没有丢掉贞节观念。男子不堪继续爱着一个女人的痛苦，女人不堪爱着一个男人的痛苦。为了使得双方都能互相快乐、长久地维护爱情，可以采取各自寻找情人以外的男女的手段，亦即作为巩固两者爱情中心的方法……

“这里是指哪里?”信吾问。

“是巴黎呀。这是作家的欧洲游记。”

信吾的头脑对于警句、逆说已经变得迟钝了。不过，这既非警句，也非逆说，可以说是来自杰出的洞察力。

修一对于这段话其实并不赞赏，无非是公司下班后，为了带女办事员外出，快速互相示意一下。信吾嗅出修一的真意。

从镰仓站下车后，信吾想，要是同修一商量好回家的时间，或者比修一晚些时候回家就好了。

公交车上挤满赶回东京的人群，信吾步行回去。

他在一家鱼店前驻足窥探，老板对他招呼一番，他便走进鱼店。装着大虾的木桶里水色灰白、混浊。信吾用手指戳一戳大龙虾，本来是活的，却纹丝不动。海螺大批上市，他决定买些海螺。

“要几个?”店老板问他，信吾一时答不出来。

“这个嘛，三个，要大一点的。”

“处理一下吧？好的。”

老板和儿子两人将刀尖儿插入海螺，挖出螺肉。刀刃吭哧吭哧刮着硬壳的声音，信吾听起来很厌烦。

螺肉在水龙头下洗净后，迅速切开。此时，两个姑娘站在店前。

“买点什么吗?”老板一边切一边问。

“买竹荚鱼。”

“几条?”

“一个。”

“一条吗?”

“是的。”

“一条?”

这是稍大些的小竹荚鱼。对于老板露骨的态度，姑娘没有太在意。

老板用纸把鱼包好递过来。

站在后边的姑娘，用胳膊肘捅捅前边的姑娘。

“不是不买鱼的吗？”

前边的姑娘接过鱼，瞅瞅大龙虾。

“瞧那龙虾，星期六还会有吧，我的那位挺喜欢吃呢。”

后面的姑娘没说什么。

信吾倏忽瞟了姑娘一眼。

她们是新来的妓女。全裸着后背，趿拉着棉布凉鞋，体态健美。

鱼店老板将切细的贝肉集中在砧板中心，分别塞进三只螺壳里。

“那号货色，镰仓也多起来啦。”他深感厌恶地说。

信吾对鱼店老板的说话口气颇感意外。

“不过，样子也还优雅，令人感动。”信吾的话似乎消除了什么。

老板三两下将贝肉填入螺壳，三只贝肉混杂在一起，再也不能回到原来的体内了。信吾对此体察得尤为仔细。

今日是星期四，距星期六还有三天。信吾想，近来鱼店龙虾大量进货，那位野姑娘买一条龙虾，会怎么做给外国人吃呢？不过，龙虾不管是水煮、清蒸还是红烧，做起来都很简单省事。

信吾确实对姑娘满怀好意，但过后又暗自感到心境凄凉。

一家四口人，买了三个海螺，他似乎并非因为知道修一不在家吃晚饭，而顾虑儿媳妇菊子。当鱼店老板问他买几个时，他只是无意之间把修一给省落了。

信吾途中路过蔬菜店，买了白果回家。

四

信吾破例买了些鱼介回来，保子和菊子婆媳俩都没有怎么感到惊奇。

或许看不见应该一道回家的修一，为了掩饰对他的一份挂念吧。

信吾把海螺和白果交给菊子，从她背后走向厨房。

“来一杯白糖水。”

“好的，这就送来。”菊子说。信吾自己拧开水龙头。

那里盛着龙虾和大虾，信吾感到很合宜。他本来想在鱼店买些虾，但没想到可以两种都买。

信吾望着大虾的颜色，说道：

“这可是好虾啊!”活鲜活鲜的，色泽光亮。

菊子用厚刃刀背砸开白果果壳。

“好不容易买来，可是这白果不能吃呀。”

“是吗？我就说好像不合季节吧？”

“我给蔬菜店打个电话，就这么说。”

“算啦，不过，有了龙虾又买了海螺，倒是有点多余。”

"做个江之岛茶馆[1]的拿手菜。"菊子说着，吐了吐舌头，"分别做个壶烧海螺[2]、红烧龙虾和油炸大虾。我去买香菇，爸爸能去院子里摘几个茄子来吗？"

"嗯。"

"小点儿的，再要点紫苏的嫩叶。对啦，只是炸大虾放一些就行了吧。"

晚餐的饭桌上，摆着两个壶烧海螺。

信吾稍稍疑惑不解地问：

"还有一个海螺吧？"

"爷爷奶奶牙口不好，以为二老要一起好好享用一个呢。"菊子说道。

"什么呀……别说没出息的话。家里没孙子，干吗叫爷爷呢？"

保子低着头，哧哧地笑了。

"对不起。"菊子站起身，又去端来一个壶烧海螺。

"就听菊子的，两个人一起吃一个多好。"保子说。

信吾打心眼里赞叹菊子很会说话，她这么一说，谁还在乎壶烧海螺是三个还是四个呢？菊子天真的话语，充分

---

① 位于江之岛小田急江之岛线片濑江之岛，山间餐馆，以烹制鱼介料理最为有名。

② 带壳烤制海螺的料理，或将贝肉从螺中取出切细，淋上酱油塞回壳中烧制的料理。

显示了她的乖巧和机灵。

菊子或许也想过自己不吃，留一个给修一，或者自己和婆婆共吃一个。

然而，保子没有理解信吾心中的秘密，傻傻问道：

“海螺只有三个吗？四口人只买了三个。”

“修一不回家吃饭，有什么必要呢？”

保子苦笑着，或许是年龄关系，看不出苦笑的样子。

菊子的表情不带阴郁，也不问修一到哪儿去了。

菊子是兄妹八人之中最小的一个。

上头七个兄姊都结婚了，生了好多孩子。有时信吾还想到，菊子父母竟有如此旺盛的生殖能力。

信吾至今记不清菊子兄姊们的名字，菊子经常为他们打抱不平。那么多的侄儿侄女外甥外甥女，他更是记不住。

菊子出生前，她的母亲已经决定不要孩子，也觉得自己不能再生了。她诅咒自己的身子，认为到了这把年纪再生养，太丢人了。母亲也曾试着堕胎，但没有成功。菊子出生时，由于难产，上产钳夹住头颅拽了出来。

菊子说是母亲告诉她的，菊子也对信吾说过。

信吾不能理解的是，作为母亲，为何要把这种事告诉孩子呢？菊子又为何对他这个公公诉说一番呢？

菊子用手心按住刘海儿，给他看额前淡淡的伤痕。

打那之后，信吾每当看到她前额的伤痕，就觉得菊子变得越发可爱了。

不过，菊子到底是最小的孩子，虽说谈不上什么娇生惯养，由于得到全体家人的照料，有时显得有些文弱。

菊子嫁过来时，信吾就发现，菊子总会于漫不经心之间优美地晃动肩膀。他明显地感受着她浑身娇美的新媚态。

信吾看到身材修长、肌肤白皙的菊子，随之联想到保子的姐姐。

少年时代的信吾，喜欢保子的姐姐。姐姐去世后，保子到姐姐婆家做佣工，照顾姐姐的遗孤。她拼命干活，很想做姐夫的填房。她虽然很喜欢美男子姐夫，但还是更憧憬自己的姐姐。姐姐是美女，令人怀疑她们是否同母所生。在保子眼里，姐姐和姐夫是一对住在理想之国的夫妇。

保子为姐夫和他们的孩子做饭。姐夫装作没有看透保子的用心，一味地游手好闲起来。保子心甘情愿为他们无私奉献，打算终生做出牺牲。

信吾对此心知肚明，但他还是同保子结成了夫妻。

三十多年后的今天，信吾并不认为他们的婚姻是错误的。婚后漫长的岁月未必受到刚开始时的情感所限。

但是，保子姐姐的面影始终存在于两个人的心底。信吾和保子对于姐姐的事闭口不提，但谁也没有将她忘记。

菊子嫁给儿子做媳妇，在信吾的记忆中留下一道闪电般的光明，这也不算什么病态的反应。

修一和菊子结婚不到两年，已经另有新欢，这使信吾很感惊讶。

不同于乡下出身的信吾，青年时代的修一似乎没有感情和恋爱方面的烦恼，也看不出什么苦闷。信吾摸不清修一究竟打何时起就首次尝了女人的鲜。

信吾断定修一现在的这位相好，无疑是艺妓或妓女型的女子。

公司的女职员，只是带出去跳跳舞什么的，抑或是为了迷惑父亲的眼睛。

那位情妇不是这类小姑娘，不知为何，信吾从菊子身上联想到这一点。有了女人之后，修一和菊子的夫妻生活骤然加剧，这可从菊子的体型变化上看得出来。

做壶烧海螺那天晚上，信吾梦醒之后，听到了菊子前所未有的声音。

信吾认为菊子丝毫不知道修一另有相好。

“用一个壶烧海螺，暗示爹娘应有的歉意吗?”信吾一个人嘀咕着。

然而，菊子既然一无所知，那位女子也不会给她带来什么影响。

头脑迷迷糊糊之间，已经是早晨。信吾去取报纸。残月高悬天空。他浏览一下报纸，又进入梦乡。

五

在东京车站，修一迅速登上电车，占了个座位，然后让随后进来的父亲坐下，自己站着。

他把一份晚报交给信吾，从自己口袋里掏出父亲的老花眼镜。信吾也有同样的一副，但他经常忘记放置的地点，于是叫修一再随身带上一副作为预备。

修一从晚报上向信吾倾斜着身子说道：

“今天，谷崎说她小学时代的同学想来做女佣，她把这事托付给我了。”

“是吗？谷崎的同学，总是不太合适吧。”

“为什么？”

“那位女佣要是从谷崎那里听到什么，说不定会把你的事告诉菊子。”

“别犯傻啦，她能说些什么呢？”

“不过，知道女佣是什么人也不是坏事。”信吾说着开始读报。

修一在镰仓车站一下车就说：

“谷崎对爸爸说过我什么了吗？”

“什么也没说。好像她口很紧啊！”

“哎？真讨厌，爸爸办公室的办事员，我要是对她做了什么，爸爸不是很没面子，要被人笑话吗？”

“那当然了。不过，你不要让菊子知道。”

但修一似乎不打算隐瞒。

“谷崎说了吧？”

“谷崎明明知道你有女人，还跟你一道去玩吗？”

“看来是她，不过一半出于嫉妒。”

“真没办法。”

“总要吹掉的，正想分手来着。”

“你的话我听不明白。好吧，这种事慢慢谈吧。”

“等分手后，好好跟您说。”

“总之，不要叫菊子知道。”

“嗯。不过，菊子或许已经知道了。”

“是吗？”

信吾有些不悦，沉默不语了。

信吾回家后，还是不太高兴，草草吃完晚饭，走进自己的房间。

菊子切好西瓜端过来。

“菊子，忘记撒盐了。”保子随后跟来。

婆媳俩随意坐在走廊上。

“他爸，菊子再三‘西瓜西瓜’地叫唤，您怎么没听见啊？”保子问道。

“没听见。我知道西瓜在冰镇着。”

“菊子，爸爸说他没听见。”保子转向菊子，菊子也转向保子：

“爸爸好像为着什么事生气呢。”

信吾沉默一阵子之后开口了。

“最近耳朵也许有点奇怪，夜里打开挡雨窗乘凉时，总是听见山的响声。老太太倒是呼噜呼噜睡着了。”

婆媳俩望着后面的小山。

“山会响吗？”菊子应道，“有一次我问母亲，她说大姨妈去世前，听到过山的响声。”

信吾猛然一惊。自己把这件事忘了，真是没救了呀。听到山的声音，怎么就没想起来呢？

菊子说完后似乎也有所觉察，她的俏丽的双肩始终保持不动。

蝉翼

一

女儿房子带着两个孩子回娘家来了。

上边一个孩子四岁，下边的刚过了生日。照这样的间隔，下一个还得过些时候。可是信吾还是问道：

“下一个还没怀吗?”

“又来啦，爸爸好烦人，上一次不是问过了吗?”

房子立即让下边的孩子仰躺着，解开包被。

“家中的菊子还没开怀吗?”

她也是淡淡问一问罢了，没想到正在窥视婴儿的菊子，突然绷紧了脸色。

“那孩子就让她躺一会儿吧。”信吾说道。

“她叫国子，不是什么‘那孩子’。不是请外公给起的名字吗?”

似乎只有信吾注意到了菊子的脸色。不过，他也没往心里去，只是疼爱地望着解开的婴儿，那双裸露的小腿不停地踢蹬着。

“就那么放着吧。看样子好开心啊，想必之前很闷热吧?”保子说罢，将身子挪动过去，一边拍打着婴儿的腹部和大腿，好像在咯吱她，一边说道：

“妈妈和姐姐一起去洗澡间擦把汗吧。”

“有毛巾吗?”菊子站起身来。

“带来了。”房子说。

看样子要住上几天。

房子从包袱皮里取出毛巾和替换的衣服。大女儿里子紧贴着她的后背，呆呆地站立着。这孩子来姥姥家，还没说过一句话。从身后看，里子的头发又黑又浓，十分惹眼。

信吾认出房子这枚包东西的包袱皮，但他只记得那曾是自家之物。

房子驮着国子，牵着里子的手，提着包袱，从车站走回来。信吾看她很不容易。

里子这孩子脾气倔强，她被牵着手走路有些不情愿。逢到母亲越是困惑越是软弱，她就越是磨弄人。

信吾想，儿媳妇日子愈是过得好，保子就越难受。

房子去洗澡间之后，保子抚摸着国子大腿内淡红的皮肤。

“我觉得这孩子比里子更结实。”

“或许是父母关系不好之后生下的缘故。”信吾说。

“里子生下来后，父母不睦，也会有些影响的。”

“四岁的孩子懂吗?”

“懂啊，会有影响。”

“是天生的啊，里子她……”

婴儿先用出人意料的办法趴在地上，然后蓦地向前爬着，抓住障子门站起身来。

“啊，啊!”菊子伸展两臂走过去，握住婴儿的两手，领她到相邻的房间去。

保子蓦然站起，拾起房子行李旁边的钱包，瞅瞅里头的东西。

“喂，干什么呢?”

信吾压低嗓门，但声音还是颤动着。

“停止!”

“为什么?”

保子很冷静。

“叫你停止，你就停止。你怎么做这种事啊?”

信吾的手指在打颤。

“又不是偷。”

“比偷还坏!”

保子把钱包放回原处，就地坐了下来。

"看看女儿东西，怎么就坏了呢？她来到娘家后，没钱给孩子买零食，那怎么行啊。再说，我也很想知道她的一些情况。"

信吾斜睨着保子。

房子从洗澡间回来了。

保子立即对她说：

"听着，房子。刚才我看了你的钱包，被你爸骂了一通。要是你觉得这样做不应该，那我向你赔不是。"

"有什么不应该呢？"

信吾听到保子对房子那么说话，心里更加生气。

信吾思忖着，或许正像保子所言，母女之间这本来没有什么，不过，自己一旦生起气来，就浑身发抖。看来年龄不饶人，长久的疲惫不时从内心深处涌上来。

房子窥视信吾的面色。母亲看了她的钱包而惹得父亲大为不满，她也许对此更觉得不可理解。

"可以看嘛，请吧。"房子颇为大度地说着，随即将钱包扔到母亲的膝头旁边。

这举动也引起信吾的不快。

保子不想伸手去拿钱包。

"相原认为，只要我没钱就不会逃走，所以钱包里什么也没有。"房子说。

菊子教国子学走路，孩子突然腿脚一软，倒在地上。

菊子把她抱了过来。

房子挽起绣衣前裾，给孩子喂奶。

房子生得不美，但身体健壮。胸廓尚未拓展开来，丰盈的奶水将乳房胀得鼓鼓的。

“星期天小修也不在家里?”房子问起了弟弟。

她觉得，这样也许能调和一下父母的心情。

二

信吾回到自家附近，仰望着别的人家的向日葵花盘。

一边仰望，一边走到花盘的正下面。向日葵站立于门口一边，花盘向门口方向低垂。信吾站立之处，正好挡住人家的出入。

这家的女孩儿回来了，站在信吾身后等待着。虽然穿过信吾身边并非不能进门，但女孩儿认识信吾，她等着他离开。

信吾察觉到女孩儿，他说：

“好大的花盘，实在漂亮!”

那女孩儿稍稍羞涩地微笑起来。

“我们只让它开一盘花。”

“只一盘花呀，所以才长得这么大。花期开得很长吗?”

“是的。”

"开了几天呢?"

十二三岁的女孩儿答不上来，她一边思考，一边望着信吾的脸。接着，又和信吾一起仰望花盘。女孩儿被阳光晒得黧黑，一张圆圆的脸蛋儿很饱满，但胳膊和腿脚很清瘦。

信吾为女孩儿让开道路，他遥望远方，看到相隔两三户人家的前面也种着向日葵。

前方一株三花，花盘只有女孩儿家那个花盘的一半大，长在茎秆的最上端。

信吾将要离去，再次回头仰望着葵花。

"爸爸!"传来菊子的声音。

菊子站在信吾背后，购物的筐篮边伸展出毛豆枝子。

"您回来啦?在观望向日葵吧。"

信吾仰望葵花，他没能同修一一道回来，恰好又在自家附近观赏葵花时被儿媳妇撞见了。这使得信吾更加觉得难为情。

"很好看吧?"信吾说，"像不像伟人头?"

菊子似懂非懂地点点头。

"伟人头"这个词儿，如今突然浮现于脑际，信吾并非一直想着这个词儿在看葵花。

不过，信吾说出这个词儿时，深深感受到葵花硕大圆盘的重力。他觉得花盘的构造井然有序。

花瓣就是“轮冠”的绲边儿，圆盘的大部分都是花蕊，密密丛丛，聚合于一处。花蕊与花蕊之间不见争奇斗艳之色，唯有整齐纯净之状，看起来充满活力。

花盘比成人的脑袋还要大一圈。信吾由其秩序整然的量感蓦然联想到人类的大脑。

同时，又由高涨的自然力的量感，猛然想到高大男性的标志。在这布满花蕊的圆盘上，雄蕊和雌蕊到底在做些什么呢？总之，信吾感受到了男性的阳刚之气。

夏天的阳光薄弱下来，傍晚的海面风平浪静。

花蕊圆盘周围的花瓣，看起来呈现出女性般的鹅黄。

莫非菊子来到身旁，才使他泛起这些奇怪的想象？信吾离开向日葵，举步向前走去。

“我呀，近来头脑非常糊涂。看见向日葵，也联想起脑袋来。脑袋能像花盘那么漂亮吗？刚才在电车里我也在想，能把脑袋卸掉洗涤和修补一番吗？说要将脑袋砍下来未免太野蛮，但能不能使得脑袋暂时离开胴体，像送洗衣物一般，将此送进大学医院，在那里洗一洗，坏的地方修补一下呢？这期间，可以让胴体死死睡上三天或一星期，既不翻身，也不做梦。”

菊子低下眉头。

“爸爸太累了吧？”

“是啊，今天在公司会客，点了一支香烟，吸了一口放在烟灰缸上，再点一支放在烟灰缸上，仔细一瞧，同样长的香烟三支并排在一起，还在冒烟呢。我自己也觉得很难为情。”

坐在电车里，幻想洗脑袋，这是事实，但信吾想得更多的是让胴体昏睡不醒。将脑袋摘下的胴体，睡起来或许更舒适。他确实太累了。

今日黎明，做了两次梦，两次都梦见死人。

“暑假也不休息吗？”菊子问。

“休息，我想到上高地①去。因为找不到卸脑袋存放的地方啊。我很想看看山。”

“能去就好啦。”菊子略显轻佻地应和着。

“哦，不过眼下房子来了，看样子房子也是来娘家歇歇腿脚的。那么从房子一方看，她是希望我在家还是希望我不在家呢？菊子你怎么看？”

“啊，您真是一位好父亲，我好羡慕姐姐！”

菊子的口气很奇怪。

信吾是想吓唬吓唬菊子，或者为她消解消解愁思，借此让儿媳不去在意未同儿子一道回家的自己吧？他虽然没有这份想法，但多少还是有一些。

---

① 长野县松本市西北部风景区，位于中部山岳国立公园中心，有穗高连峰、枪岳峰等登山基地。

“哎，刚才是在讽刺我吗?”

信吾淡然地说，菊子猛地一惊。

“房子落得那种地步，我也不是什么好父亲啊!”

菊子手脚无措，面颊通红，一直红到耳根。

“这也不怪爸爸。”

信吾从菊子的话音里，感受到一份慰藉。

三

信吾夏天也不喜欢吃冷饮。因为保子以前不让他吃，不知何时起他也就不吃了。

早晨起床，外头归来，首先充分喝一杯滚热的粗茶，在这一点上，菊子对公公照顾得很周到。

看完葵花回家，菊子首先连忙冲上一杯粗茶端进来。信吾先喝上半杯，然后换上浴衣，将杯子带到廊缘上去。他一边走路一边喝了口茶。

菊子手拿凉毛巾和香烟等物跟过来，又在杯子里斟满热茶。她一度离开，拿来晚报和老花镜。

信吾用凉毛巾擦擦脸，觉得戴上老花镜太麻烦，他凝望着庭院。

庭院草地一派荒凉。对面的一角，生长着一簇胡枝子和芒草，像野生的一般四处蔓延。

画 | 川濑巴水

蝴蝶在胡枝子深处飞翔，穿过胡枝子的绿叶，款款翻动着翅膀，看起来有好几只蝴蝶。信吾一直期待着，他希望蝴蝶在胡枝子上头飞翔，或者打胡枝子一旁飞过来。信吾等来等去，蝴蝶总是在胡枝子的背面飞翔。

信吾看着看着，想象中胡枝子深处仿佛出现一个小小的世界。胡枝子叶丛中闪闪飞动的蝶翅美艳无比。

信吾蓦地想起不久前将近月圆之夜，透过后面山上的树木看到的星星。

保子坐在廊缘上，打着团扇，她问：

“今天修一又要很晚才回家吗?”

“嗯。”

信吾转脸望着庭院。

“那里的胡枝子深处有蝴蝶飞翔，看到了没有?”

“哎，看到啦。”

蝴蝶似乎不愿被保子发现，这时飞到了叶丛上面，一共三只。

“有三只啊，都是凤蝶呢。”信吾说。

但就凤蝶来看，这是属于小型的一种，颜色不太艳丽。

蝴蝶在板墙上描画出一道斜线，出现在邻家松树前面。三只纵向排成一列，既不散乱，也不断离，迅速穿过松树中间，向树梢飞去。松树不曾作为园中花木精心修剪，高高地疯长着。

不一会儿，从意想不到的方向，飞来一只凤蝶，低低穿过院里的树木，在胡枝子上方消失了。

“今早还没有醒来，就梦见两次死人。”信吾对保子说，“辰巳木匠铺老板请我吃面条。”

“那么，您吃了没有呢?”

“啊，怎么? 你是说不能吃吗?”

信吾思忖着，或许有一种说法，认为梦里吃了死人的东西就会死。

“吃了没呢? 记得好像没有吃。是盛在竹箅上的一笼荞麦面条。”

他似乎没有吃就醒了。

四方形的木框，外头漆黑，内里朱红，敷着竹箅子。就连梦中荞麦面的颜色，如今也记得清清楚楚。

是梦中的色彩，还是醒来后添加的色彩? 他一时弄不明白。总之，眼下那一笼荞麦面记忆深刻，其余皆模糊不清。

一笼荞麦面条，直接放在榻榻米上，前边似乎站着信吾。辰巳木匠及其家人则坐在一起。没有人坐在座垫上。信吾一个人站着，倒是很奇怪，但确实是站着，他只朦胧地记得了这一点。

他从此梦境中惊醒的时候，依然对梦记忆清晰。接着又睡着了，直到今朝起床后，记得更加清楚。然而到傍晚，几乎都不记得了。只有一笼荞麦面条的情景，模糊地浮现于脑际，前后的情节也都消失殆尽了。

提起辰巳木匠铺，老板是一位过了七十的木匠，三四年前去世了。信吾喜欢他具有古代之风的工匠品格，委托他做过活儿，但还没有亲密到三年后做梦也会相见的程度。

梦中吃面条，场面似乎发生在工作间内的餐厅。信吾曾经站在工作间里同餐厅里的老人对话，却从未进过餐厅。他不明白，为何做了个出现荞麦面条的梦。

辰巳木匠铺有六个孩子，全是女儿。

他在梦里似乎接触过一位姑娘，是不是那六个女儿中的一个呢？眼下到了傍晚，信吾已经想不起来了。

他记得确实接触过，但想不起来究竟是谁了。没有一点记忆的线索。

梦醒时好像清晰地记得是谁，又睡了一觉后到今天早晨，或许也还能记得对方是谁，但是到了傍晚的现在，已经全都想不起来了。

因为做的都是辰巳木匠的梦，是不是店老板的一个女儿？对此他完全没有实际感觉，首先，他根本记不清店家姑娘们的长相。

接触那个姑娘无疑是在梦中，但记不清是在小笼荞麦面出现之前，还是出现之后。醒来时，信吾记得最清楚的是荞麦面条。但因遇到姑娘引起的兴奋而被惊醒，难道不是梦的定律吗?

不过,他并没有遇到从梦中被惊醒的刺激。

前因后果不复记忆,对方的姿影已经消失,再也想不起来了。眼下信吾记得的只是迟缓的感觉。身体不适宜,不能回答。全然是乱作一团。

信吾在现实生活中,也不曾体验过女色情事。虽然不知道是谁,但总之是个姑娘家,这就更不可能发生。

信吾六十二了,很少做如此猥亵的梦。也许谈不上猥亵,只是很平淡,所以醒来之后,他也觉得奇怪。

过了这场梦,又很快睡着了。不久,又做了一个梦。

肥头大耳的相田,提着装满一升酒的酒壶,来到信吾的家。他已经喝得醉醺醺的,面孔通红,毛孔怒张。浑身的举动,都显得醉意蒙眬。

梦里他只记得这些。信吾的家,是现在的家,还是以前的家,已经记不清楚了。

相田十年前,一直担任信吾公司的重要职务。去年岁末,患脑溢血死了。最近几年他越来越瘦弱。

“其后,又做了一个梦,这回是相田提着盛满一升酒的酒壶,到我们家来。”信吾对保子说。

“相田君?相田君他不是不喝酒吗?太离奇啦。”

“是的。相田有喘病,得了脑溢血倒下时,痰堵住了喉咙管,给憋死了。他不喝酒,常常提着药罐子走路。”

梦中相田酒豪一般大步走来的形象，清晰地浮现在信吾的头脑里。

“所以您就和相田君大喝起来了，是吗?”

“没有喝，我坐着，他朝我走过来。相田还没有坐定，梦就醒了。”

“挺晦气的呀，梦见两个死人。”

“是来接我的吧。”信吾说。

到了这份年纪，亲友大多故去，梦中出现死者，或许是自然的。

不过，辰巳木匠和相田，都不是作为死人出现的，而是作为活人进入信吾梦中的。

今早，梦中的辰巳木匠和相田的面孔、身影还历历在目，比起平常的记忆还要清晰。相田那张醉醺醺的红脸，实际上并不存在，但信吾连张开的汗毛孔都记得清清楚楚。

辰巳木匠和相田的身影，记得那么清晰，但同一场梦中接触的姑娘却一片模糊，不知道是谁，这是为什么呢?

是因为内疚而很快地忘却了吗?信吾怀疑起来。并非如此。他并未做出道德上的反省，他对此尚未觉醒，而继续沉睡。他只是记住感觉上的失望罢了。

然而，为何会在梦中梦见那种感觉上的失望呢?对此信吾并不觉得奇怪。

这一点，他也没跟保子说。

厨房里正在做晚饭，能听到菊子和房子的会话，两人的嗓门稍嫌大了点儿。

四

每天夜里都有蝉从樱树上飞进家中。

信吾来到庭院，顺便到那棵樱树下看看。

四面八方传来飞翔的蝉的羽音。信吾惊叹于蝉的数量之多，更惊叹于羽音之大。他仿佛感到群雀呼哨而起的响声。

抬头眼望高大的樱树，蝉还在继续飞翔。

漫天的云彩向东方疾驰。据气象预报说，二百十日[①]可能平安无事，但信吾以为，今夜说不定气温下降，会有暴风雨。

菊子走来。

“爸爸，您怎么啦？蝉声聒噪，我还以为有什么事呢。”

“可不，蝉这般吵闹，好像要出什么灾祸。不要说水鸟扑棱翅膀的声音，就连这蝉翼的振动也使我胆战心惊。”

---

① 立春后二百十日，九月初稻子扬花结籽时期，台风时常来袭，农家谓之“厄日”。

菊子手里捏着一根纫上红丝线的衣针。

“比起蝉翼的声音，鸣叫声更可怕呀。”

“我倒不太在意那叫声。”

信吾看看菊子所在的房间，那里有正在缝制的红色的小孩衣服。那是很早以前保子长内衣的一块布料。

“里子还把蝉当玩具吗?”信吾问。

菊子点点头，只在唇边轻轻“嗯”了一声。

家住东京的里子，很少看见蝉，也许是里子的性格吧，一开始她很害怕蝉，房子就用剪刀剪去油蝉的翅膀之后再给她。后来，里子每当捕捉到一只油蝉，总是央求姥姥或菊子为她剪掉蝉翼。

保子对这一点十分反感。

保子说了，女儿房子不会干出那种坏事来的，都是那个女婿把她教坏的。

一群红蚁拖着一只没有翅膀的油蝉，保子见了脸色铁青。

保子平素对这类事无动于衷，所以信吾看了，既感到奇怪，又大惑不解。

保子之所以心情很坏，或许因为她迫于一种不祥的预感吧。信吾知道，问题不在于蝉上。

里子任性、固执，大人只好让她三分，给她剪去油蝉的翅膀，但她还是不肯罢休。里子把刚被剪掉羽翼的蝉悄悄隐藏起来，神情黯淡地扔到院子里去了。她知道大人们都看在眼里。

房子几乎每天都对母亲发牢骚，但她一直不肯说什么时候回去，从这一点看，她心里或许还有更重要的事没有说出口。

保子钻进被窝之后，将女儿当天的牢骚话传达给信吾。信吾听了大都没有放在心上，但他觉得房子还是有些话没有说完。

作为父母，纵使主动同女儿商量，但女儿已经出嫁，且年过三十，有些话父母也不便轻易开口。接收两个孩子，也不是容易的事，只有一天天等待时机。

“爸爸对儿媳妇倒很亲切哩!”房子说。

那是吃晚饭的时候，修一两口子都在家。

“说的是啊，我对菊子也很亲切呀。”保子应和道。

房子的话不一定要求回答，但保子还是应了，她虽然是笑着说的，但那声音是想压一压女儿。

“因为这个儿媳妇，对我们非常体贴啊!”

菊子立即涨红了脸。

保子说的是实话，但听起来似乎针对自己的女儿。

这句话听上去，仿佛是喜欢幸福的儿媳妇，厌恶不幸的女儿。令人怀疑含有残酷的恶意。

信吾认为，保子是自我贬损，信吾内心也有类似的想法。不过，作为女子，作为年迈的母亲，面对可怜的女儿，保子竟然也会突然冒出这些话来，这使得信吾多多少少有些意外。

“我不赞成，她唯独对我这个丈夫不亲切。”修一说，但没人觉得可笑。

信吾对儿媳妇菊子亲切，修一和保子自然知道，菊子心里也很清楚，这事儿谁也不愿再提。但一经房子挑明，信吾立即陷入寂寞。

对于信吾来说，菊子就是郁闷家庭中的一扇窗户。自己的亲生骨肉，不但不能使自己满意，就连他们自己在这个世上也活得很不容易。信吾感到，亲骨肉的重负将要降临到自己头上。看到年轻的儿媳妇，自然觉得很安心。

虽说对她亲切，但这也只是信吾黑暗孤独中一盏微弱的灯光。他如此骄纵自己，自然也就会善待儿媳，借此为生活增添些微的甜蜜。

菊子既不对公公这一年龄的心理乱加猜疑，也不对信吾抱有警惕。

房子的一番话语，似乎稍稍揭穿了信吾的秘密。

那是三四天前吃晚饭的时候。

回想起里子和蝉那件事的同时，樱树下的信吾，又想起房子当时说的话，随即问道：

“房子在午睡吗？”

“是的，姐姐在哄国子睡觉呢。”菊子瞧着公公的脸孔回答。

“里子很好玩啊，房子哄婴儿睡觉，里子也跟着一起去，趴在妈妈背上睡觉。那时候最老实。”

“好可爱啊!”

“姥姥不喜欢那个外孙女儿，等到十四五岁，或许也像姥姥一样爱打呼噜吧?”

菊子心里“咯噔”一下。

菊子返回刚才缝衣服的房间，信吾正要进入另一个房间，被菊子叫住了。

“爸爸，听说您去跳舞了，是吗?”

“啊?”信吾回过头来。

“你都知道啦？真闹不明白。”

前天晚上，公司女办事员和信吾一起去了舞场。

今日是星期天，昨天，那位女办事员谷崎英子对修一说了，修一肯定又对菊子说了。

信吾近年来不曾进入过舞场。他约英子，使得英子感到惊讶。她说，同信吾在一起，怕公司的人说三道四。信吾要她保密，但看样子，第二天她就及早告诉了修一。

修一从英子那里知道后，昨天和今天都在信吾面前佯装不知。但看起来，他早就告诉了妻子。

修一似乎经常约英子去跳舞，信吾想去看个究竟。他想，说不定修一的情妇就在他和英子同去的那座舞场。

到那里一看，并没有很快找到那位女子，他也不想向英子打听。

英子出乎意料地和信吾一同来跳舞，满心高兴，行为有点儿走调。在信吾眼里，英子是个危险的人物，但又很可爱。

英子二十二岁了，乳房却像个巴掌大。信吾蓦地想起春信[1]的春画。

但是，目睹周围杂乱的情景，随之想起春信，的确含有戏剧般的滑稽。

“下回带你一道去。”信吾说。

“真的？那就让我陪陪您吧。”

菊子自打喊住信吾，脸孔一直涨得通红。

菊子可能觉察到公公怀疑修一的情妇就在那里才去看看的吧？

自己去舞场即使被人知道也没关系，但心里装着修一的情妇，此时突然经菊子一说，倒有点不知所措了。

信吾绕到门厅上楼，走到修一在的房间，他站着问儿子：

---

① 铃木春信（1725？—1770），江户中期浮世绘画师，工于美人画，常取材于花街游里、市井风俗，画作多立意于古典与和歌。

"哎，听谷崎说了吗?"

"这可是家里的新闻哪。"

"什么新闻? 你既然领去跳舞，总得为她买一套夏装啊。"

"唉，给爸爸丢人了，是不是?"

"上衫和裙子显得不协调啊。"

"她有衣服，因为突然带她去，一时没准备。要是有约在先，会穿得好些的。"修一说罢，脸转向一边。

信吾从房子娘儿仨躺着的旁边通过，走进餐厅，看看房柱上的挂钟。

"五点了呀!"他像是确认一下时辰，嘴里嘀咕着。

云炎

一

报上说二百十日平安无事，但二百十日前一天夜里，还是来了台风。

不过，信吾似乎不记着是哪一天看过这段报道了，或许不能称为天气预报，但临近之后都自然地发过预报或警报了。

“今天会早些回家吧。”下班时信吾约修一一起走。

女办事员英子为信吾下班做着准备，自己也赶紧收拾一番。她穿上透明的白色风雨衣，胸脯看起来更加扁平。

自打带英子跳舞，发现她的乳房瘦小之后，越发使得信吾注意起来。

英子跟在后面快速跑下楼梯，来到公司门口，同信吾等人并排站在一起。大概因为暴雨，她的脸部没有补妆。

信吾想问她回到哪儿去，但又作罢了。说不定问过二十次，他不记得了。

到达镰仓车站，下车的人们都站在屋檐下，窥视着风雨交加的天气。

来到门外种植葵花的人家附近，风雨呼啸之中，夹杂着《巴黎节》[1] 的主题曲。

“她倒挺自在的呢。”修一说。

爷儿俩都知道，菊子在放丽丝·戈蒂[2]录制的唱片。

歌声结束，又从头开始。

唱到一半，传来关闭挡雨窗的声响。

接着，他们听到菊子一边关挡雨窗，一边和着唱片唱了起来。

风雨声和歌声交混在一起，两人从门口进入玄关，菊子竟然没有发觉。

“好厉害呀，鞋子里灌了水。”修一说着，在玄关脱掉袜子。

信吾浑身透湿地上了楼。

“哎呀，您回来啦!”菊子走过来，满心喜悦。

---

① 1933年由雷内·克莱尔编导的电影，中译名《七月十四日》。

② 丽丝·戈蒂（Lys Gauty，1900—1994），法国民歌（chanson）歌手，她所灌制的《巴黎节》主题歌 A Paris Dans Chaque Faubourg（《在巴黎的每一个街区》）广为传颂。

修一将抓在一只手里的袜子递给她。

“啊，爸爸也淋湿了吧。”菊子说。

唱片放完了。菊子将唱针放回开始的地方，把两人的湿衣服抱起来。

修一一边系腰带一边说道：

“菊子，你很自在啊，附近都能听到啦。”

“我很害怕才放唱片的。我记挂着你们爷儿俩，静不下心来。”

然而，菊子仿佛受暴风雨感染，禁不住手舞足蹈起来。

她去厨房为公公沏茶，也小声地哼着歌。

这册巴黎的民歌集，修一自己喜欢，他买给了菊子。

修一精通法语，菊子不懂法语，修一教她发音，她跟着唱片反复练习，倒也唱得很好。例如，《巴黎节》中的丽丝·戈蒂是历尽磨难而活过来的歌手，菊子虽然不曾尝到过这种人生经历，但她那一副轻风细雨般的嗓音也别有滋味。

菊子出嫁时，女校的同学们赠送她录有一组世界摇篮曲的唱片，新婚燕尔，菊子经常播放这组摇篮曲，逢到身旁没有人时，她就和着唱片偷偷唱起来。

歌声诱发着信吾内心甜美的情味。

这是女人的祝福！信吾十分感动。看起来，菊子似乎也一边唱着摇篮曲，一边沉浸在姑娘时代的回忆之中。

信吾曾经对菊子说过：

“在我的葬礼上，你就为我播送这张摇篮曲唱片吧。我只要这个，不要人家为我烧香念佛。”

这虽然不是他的真心话，但随即就要流下泪来。

如今菊子还没有孩子，她对摇篮曲也似乎失掉了兴趣，最近这张唱片不播了。

《巴黎节》的歌将要结束时，歌声突然低迷，消失。

“停电啦!”保子在餐厅里大声说。

“是停电了，今天不会来电了。”菊子说着，关上留声机开关，“妈，我早点烧饭吧?”

吃晚饭时，纤细的烛火，也被缝隙吹进来的风吹灭三四次。

风雨喧骚的远方似乎传来大海的涛声，那海啸般的轰鸣听起来比风雨更加惊心动魄。

二

枕畔吹灭的烛火的气息，在信吾鼻子周围萦绕不散。

屋子稍稍动摇之时，保子摸索被窝上的火柴盒晃了晃，仿佛告诉老伴儿知道。

接着又去寻找信吾的手，不是握住，而是轻轻触摸。

“不要紧吧?”

"或许不要紧的。即便外边的东西吹跑了，也没办法出去拾回来。"

"房子的家没问题吧？"

"是说房子的家吗？"

信吾倒是忘记了。

"啊，还算好吧。这种暴风雨的夜晚，夫妻会和和美美早些睡觉的。"

"能睡得着吗？"保子打断信吾的话，沉默不语了。

这时，能听到修一菊子小两口的说话声。菊子在撒娇。

过了一会儿，保子接下去说道：

"人家有两个小孩子，和咱家不一样啊！"

"听说老太太腿脚不好，有神经痛什么的。"

"是的，是的，要是逃走，相原还得驮着他妈呢。"

"腿不能站吗？"

"只是可以动动，不过，这种暴风雨天气……他们家真是个愁城。"

六十三岁的保子，说出"愁城"这个词儿，信吾觉得挺奇怪。

"家家都有一本难念的经。"信吾说。

"报上说，女人家一生中要梳各种各样的发型，倒是说得很好啊。"

"登在哪里的呀？"

据保子说，最近死了个专画美女的女画家，一位男性美女画家，写了一篇悼念文章，这句话就在文章开头。

不过，文章却和这句话相反，说那位女画家没有梳过各种发型。她从二十多岁直到七十五岁死去，约莫五十年，始终都梳着一种所谓“梳卷”发型，就是将头发盘在头顶上，再用梳篦别起来。

保子很钦佩一辈子梳着“梳卷”发型的人，离开这一点，“女人一生梳着各种各样的发型”这句话，也令她很有感悟。

保子有个习惯，每隔一段时间将每天的报纸整理在一起，再从中挑着阅读。所以，她说的是哪天的文章，早已忘记了。还有，她爱听夜间九时的时事评论，因而经常会说出一些莫名其妙的话来。

“你是说房子今后也会梳各种各样的发型吗?”信吾试探地问道。

“是呀，女人嘛。不过不会像过去我们这些人，一旦梳起日本发型就变了一个人。要是房子也像菊子那么漂亮，她也会喜欢变换发型的。”

“你要知道，房子来的那段时间，受到了你的各种冷遇，她是满心绝望离开的。”

“是您的心情影响了我的心情，不是吗?您只喜欢儿媳妇菊子。”

“哪有这么回事啊，你是找借口。”

“我说得没错，您过去不喜欢房子，只疼爱修一一人，不是吗？您就是这么一个人！眼下，修一外头有相好的了，您倒什么话也没有了，反而莫名地疼爱菊子，这太无情了。那孩子为了不使父亲难堪，连嫉妒心都不敢有，真叫人发愁。台风要能把这些忧愁刮走，那该多好。”

信吾感到愕然。

保子急风暴雨般地正说着，信吾插了一句：

“你确实像台风啊！”

“我就是台风。房子也是，到了这个年龄，如今这个时代，还想让父母首先提出离婚，这也太胆怯了吧。”

“那也不是。他们已经到了谈离婚的地步了吗？”

“比起这个，到时家里得养活一个拖带着外孙女的闺女家，有时我瞥见您一脸忧愁呢！”

“你脸上的忧愁更明显。”

“这个嘛，都是因为有个您所中意的儿媳妇菊子。就算不谈菊子，要说我不喜欢，我真的是不喜欢。菊子有时说话做事，倒也能使人放心，但房子就使人感到心情沉重……出嫁前还不太明显。都是自己的女儿和外孙女儿，做父母的怎么会有这样的感觉呢？太可怕了。我是受了您的感化呀！”

“你比房子还胆怯。”

"刚才是说笑话，提到感化，我忽地吐了吐舌头，黑暗中您没看到吧？"

"一个爱扯老婆舌头的老太太，真叫人头疼。"

"房子很可怜，您不觉得她可怜吗？"

"可以接回来。"

接着，信吾突然想起了什么。

"上回房子带来了一块包袱皮。"

"包袱皮？"

"嗯，包袱皮。我记得见过那块包袱皮，一时想不起来了，但确实是我们家的。"

"是棉布大包袱皮吧？那是房子出嫁时给她包镜台带走的。镜子很大。"

"哦，是吗？"

"看了那个包袱皮，我觉得很碍眼，还是把衣服装在蜜月旅行用的箱子里为好。"

"箱子很重，还带着两个孩子，哪里还顾及好看不好看。"

"家里还有菊子在呀。还有，那块包袱皮，记得是我过门时包着什么东西带来的。"

"是吗？"

"还要早，是姐姐的遗物。姐姐死了，婆家用这块包袱皮包裹着一棵大盆栽送还给娘家。是很大的红叶盆栽。"

“嗯，可不是嘛。”信吾沉静地应和着，盆栽灼灼耀眼的红叶，照亮了他整个脑海。

住在乡下的保子的父亲，农闲时喜欢种植盆栽，尤其专注于红叶盆栽。保子的姐姐时常被支使帮助父亲摆弄盆栽。

听着暴风雨的呼啸，信吾躺在被窝里，想起一个人来，那个人站在盆栽棚架之间。

那是父亲给出嫁的女儿带去的一棵盆栽，或者是女儿提出想要的。然而，一旦女儿离世，婆家就无人照管亲生父亲送的心爱之物，只好返还原处。也可能是父亲索要回去的。

如今，使信吾满脑子映着红叶的那株盆栽，正放在保子娘家的佛坛上。

这么说，保子姐姐去世的时候正赶上秋天了，信吾思忖。信浓[①]的秋天来得早。

媳妇一死，就把盆栽还给她娘家了吗？红叶烂漫，供在佛坛上，似乎有些太合宜了。这是回忆中出现的乡愁般的幻想，不是吗？信吾对此没有把握。

信吾忘记了保子姐姐的忌日。

他不想问保子，因为保子从前曾经跟他讲过下面的话。

---

① 长野县旧称。

"我没有帮助父亲摆弄过盆栽，这虽然也是我的性格决定的。但我一直认为父亲只疼爱姐姐一人。我其实也很佩服姐姐，所以不只是妒忌她，而是恨自己不如姐姐那样能干。"

保子一提起信吾偏爱修一，就会连带说：

"我倒有点像房子啊。"

那块包袱皮竟然也包含保子对姐姐的回忆，信吾很惊讶。但话题涉及到姐姐，他便沉默不语了。

"要睡觉吗？上了年纪的人也很难睡得着。"保子说，"这场暴风雨使得菊子笑得很开心……唱片放了一遍又一遍，我倒觉得那孩子挺可怜的。"

"你呀，刚说的话也有矛盾。"

"怎么会呢？"

"这是我要说的。难得睡个早觉，就该挨你这般数落吗？"

盆栽的红叶还留在信吾的脑子里。

信吾少年时代爱慕过保子的姐姐，他和保子结婚已经三十多年了，那株灼灼艳红的枫叶，似乎化作一块古老的伤痛，始终闪现于头脑一隅。

保子入睡一小时光景，信吾也睡着了，不久又被巨大的响声惊醒。

"什么声音？"

暗夜之中，远处廊缘上传来菊子渐渐走近的脚步声，前来报告说：

“您醒了吧？神社摆放神舆的仓库，据说屋顶白铁皮被风刮到我们家的屋脊上了。”

三

神舆仓库屋顶的铁皮，全都被风吹走了。

信吾家的屋顶和庭院，也落下七八块。神社的管理人一大早前来拾取。

翌日，横须贺线也通车了，信吾去上班了。

“怎么了？没睡好吗？”

信吾问前来沏茶的办事员。

“是的，没有睡着呢。”

英子讲起上班途中，透过电车车窗看到的两三处刮过台风的地方。

信吾抽罢两支香烟，说道：

“今天不能去跳舞了吧？”

英子扬起脸笑了。

“上次回来，第二天一早就感到腰痛，年纪大了，不中用啦。”信吾说罢，英子眼睛和鼻翼周围，显露出调皮的微笑。

“那是因为您老是后仰的缘故吧?”

“后仰?是啊，腰弄弯了吧?”

“您呀，跳舞时不好意思碰我，仰着身子保持着距离。”

“哦?那倒没想到，没有这回事。”

“可是……”

“或许是想使得姿态优美些，自己没有意识到啊。”

“是吗?”

“你们总是互相紧贴着身子跳舞，样子很不雅观呢。”

“哎呀，说得太过分啦。”

信吾想到，前些时候，他以为英子跳起舞来，心情过于兴奋，有点走调儿，那可能只是他自己过于拘谨了，实际没有别的意思。或许是自己太僵硬了吧?

“好吧，下回向前躬身，紧贴着你跳，行吗?”

英子低着头窃笑，说道：

“我陪您。不过今天不行。这身打扮太失礼了。”

“我说的不是今天。”

信吾看到英子穿白色绣衣，扎白色丝带。

白色绣衣虽说不稀罕，由于配上了白色丝带，绣衣的白色更加惹眼。宽度稍大的丝带将头发拢为一束，扎成发髻，垂在脑后。那身打扮，仿佛随时准备走进台风里。

耳朵和耳后一带都露了出来。往常，遮掩在秀发下的青白的肌肤，生长着整齐而美丽的茸毛。

她穿一条深蓝色的薄呢裙。裙子很旧。

这样的穿着，不太显露乳房过小。

“从那之后，修一就不邀你了吗?”

“是的。”

“实在过意不去，老子要跳舞，年轻儿子被迫离开，你真可怜啊!”

“哎呀，好为难啊，还是我来约他吧。”

“你是叫我不用担心?”

“您再逗我，就不跟您跳了。”

“啊，不过，修一因为被你发现了，抬不起头来。”

英子有了反应。

“你认识修一的女人吗?”

英子显得很困惑。

“是舞女吗?”

没有回答。

“年龄比他大吗?”

“年龄嘛，比您家媳妇要大些。”

“是美人吗?”

“嗯，长得很漂亮。”英子嘀咕着，“不过，她的声音很沙哑，或者说是声音很割裂，像是分作两层而出，据说这样显得很性感。”

“哦?”

英子刚要开口讲述，信吾立即就想捂耳朵。

他自己感到耻辱，也对修一的女人以及英子的本性深感厌恶。

女人沙哑的声音显得性感，一开口说的居然是这个，叫信吾无法忍耐。修一确实不怎么样，英子也好不到哪里去。

英子瞧瞧信吾的脸色，不说话了。

那天，修一和信吾爷俩一块儿及早归来，锁好门，全家四口出外看电影《劝进帐》[1]。

修一脱掉衬衫，换上汗衫。此时，信吾发现修一双乳上方和腋窝之处泛红，猜想那大概是风暴的晚上菊子给他添加上的。

《劝进帐》里的幸四郎、羽左卫门、菊五郎[2]，三个人现在都死了。

对这出戏，信吾、修一和菊子的观感各不相同。

“幸四郎的弁庆，我们已经看了第几遍了呀?”保子问信吾。

---

① 歌舞伎十八番之一，一幕。三世并木五瓶作剧，四世杵屋六三郎配曲。描写假扮东大寺修行僧的源义经主从，运用随从弁庆的智慧，巧渡加贺国安宅关的故事。

② 松本幸四郎、市川羽左卫门和尾上菊五郎，皆为世袭歌舞伎俳优，分别扮演《劝进帐》中的弁庆、富樫和源义经。从小说情节中很难确定为哪一代。

“忘记了。”

“您很会忘事。”

月光照耀街衢，信吾仰望天上。

信吾突然感觉到，月亮在炎火中。

月亮周围的云彩，呈现出珍奇的形状，使人联想起绘画上不动明王①的背光和狐玉②的光炎。

但是，云的红炎冷艳、淡白，月也冷艳、淡白，信吾迅疾感受到秋意。

月亮稍稍偏东，大体呈圆形。位于红炎的云彩正中。边厢的云彩模糊一片。

包裹月亮的红炎白云之外，附近没有别的云。暴风雨过后，整夜间天空漆黑。

街上各家店铺都闭店了，这里也是一派静寂。电影散场时回家观众的前方，大街上静悄悄的，没有一个人影。

“昨夜没睡好，今晚早点儿睡吧。”信吾的声音里满含着孤身冷衾之叹，他渴望有人对他肌肤温存一番。

信吾感到，一生中关键的时刻即将光临，该决定的事情逐渐迫在眉睫了。

---

① 五大明王或八大明王主尊，受命于大日如来，击退魔军，消弭灾难，摒除烦恼，守卫行者，满足诸愿。

② 伏见稻荷神社门口狐狸口中所含玉石，多呈金黄色。

栗子

一

“银杏树又出芽了。”

“菊子你才刚刚发现吗?”信吾说，“我前些时候就看到了。”

“爸爸老是面对着树坐着嘛。”

面对信吾侧身而坐的菊子，转头看看身后银杏树方向。

餐厅开饭时，一家四口不知何时固定了各自的位子。

信吾坐西朝东，左侧的保子面朝南。信吾右侧是修一，面向北。菊子面向西，同信吾面对面。

南面东面都有庭院。老两口可以说占据了好位子。此外，婆媳俩的位子，吃饭时便于上菜和伺候。

不光是吃饭的时候，就连餐厅的矮腿桌，四个人也都习惯于自然地坐在固定的位子上。

菊子总是背对银杏树方向而坐。

纵然如此，那样的大树，不合季节地抽芽了，而菊子竟然没有看到，忽略过去了。信吾感到，菊子心理上似乎有着什么空白。

“打开挡雨窗、扫除廊缘的时候，总该能注意到啊。”信吾说。

“您说得很对，倒也是呀。”

“是的啊，回家时，总是面朝银杏树走来，好歹都能看到树，不是吗？你呀，因为一直低着头，一边走路一边模模糊糊地想问题。你说是吗?”

“哎呀，真难为情。”菊子耸动着肩膀，“今后，凡是爸爸看到过的，不论什么，我都得留意三分。”

信吾听起来很悲戚。

“不可这样啊。”

自己看到什么东西，也希望对方看到。这样的意中人，信吾一生未曾有过。

菊子继续仰望银杏树。

“山顶上有的树木长出了嫩叶。”

“是啊，那些树也被暴风吹走了叶子吧。”

信吾家的后山被神社截断，山的一端敞开来，变成神社的境内。银杏树生长在神社境内，从信吾家的餐厅望去，仿佛是山上的树木。

一夜台风，使那棵银杏树变得光秃秃的。

被风吹光叶子的是银杏和樱树。银杏和樱树在信吾家四周都算是巨木，树大可以挡住狂风，可弱叶经不起强风扑打的缘故吧。

樱树本来残留少数枯叶，这回也落光了，成为一棵裸木。

后山的竹叶也枯萎了。抑或临近大海，风含着海潮所致吧。也有的竹子被吹断主干，飘飞到庭院里来。

大银杏树再度催芽了。

信吾自大道折向小路，总是面对银杏树回家，所以每天都能见面。从餐厅里也能看到。

“银杏树到底比樱树更坚强些，或许长寿之木就是不一样吧？”信吾说，“那样的古树，到了秋令，又能长出新叶来，可见具有多么大的生命力啊！”

“不过，叶子显得很凄清呢。”

“是的，满指望能长出像春天一般硕大的叶片，可是最后还是没能长得太大。”

不仅叶小，还很稀疏，不足以遮满枝头。叶子单薄，绿色不浓，多呈浅黄色。

仿佛感到秋日的朝阳照耀在依然光裸的银杏树上。

神社的后山多常绿树。常绿树的叶子经得住风雨，丝毫不受伤残。

茂密的常绿树顶端，有的浮出薄绿的嫩叶。

菊子发现了那些嫩叶。

保子是从后门回来的，听到水龙头放水的声音。她好像说着什么，但因为流水声，信吾没听清楚。

“你说什么呀?”信吾大声问。

“妈妈说胡枝子开得很漂亮啊。”菊子添了句话。

“是吗?”

“妈还说芒草也开花了呢。”菊子从中传话。

“是吗?”

保子又说了句什么。

“别说了，听不见!”信吾大吼。

菊子低头笑了：

“我来传达吧。”

“要传吗？老太太独自犯嘀咕吧?”

“妈说昨夜做了梦，梦见乡下房屋都被吹得破破烂烂的了。”

“哦。”

“爸爸怎么回应呢?”

“除了‘哦’，还会有什么。”

水声停止了，保子唤菊子。

“菊子，插起来吧。看到开得漂亮，就随手折了几枝，帮个忙吧。”

“好的，也给爸爸瞧瞧。”

菊子抱来了胡枝子和芒草。

保子洗了手，接着涮了一下信乐[1]花瓶拿进来。

“邻家的雁来红很鲜艳呢。”

保子说罢坐下来。

“种植葵花的那家也有雁来红。”信吾说着，随即想起那漂亮的花盘被大风吹落的情景。

花盘和主干足有五六尺，被风拦腰吹断，倒毙路旁。花盘枯萎数日，无人问津，犹如人头落地。

周围的花瓣首先干枯了，粗大的杆子失去水分，改变了颜色，沾满泥土。

信吾往来跨越其上，不忍看一眼。

花冠掉落了，葵花下半截基干依旧站立门边，尚未长出新叶。

一旁并排种着五六棵雁来红，花色艳丽。

“看来，邻居的雁来红，这附近没有第二家。”保子说。

二

保子梦见乡下房屋被毁坏得破烂不堪，是指她娘家的

① 日本六古窑之一，以滋贺县甲贺市信乐为中心制作的历史悠久的陶器，称为“信乐烧”。貉狸摆件非常有名。其中，信乐陶艺村是拥有百年以上历史的瓷窑。

画 | 川瀬巴水

宅子。

保子的父母去世后，好几年无人居住。

父亲叫姐姐出嫁，似乎想让保子继承家业。对于心疼姐姐的父亲来说，这是违心之举。不过，也是姐姐受到恳求，才请父亲这么做的，她出于对妹妹的怜悯之情。

因此，姐姐死后，保子去姐姐婆家干活儿，想给姐夫做填房，父亲因而对保子绝望了。保子既然有着这番心事，也是家庭父母的责任，所以父亲对此也很懊恼。

保子和信吾这门婚事，似乎使父亲很高兴。

看样子，父亲决心在无人继承家业的情况下度过余年。

如今的信吾，比起保子出嫁时父亲的年龄还要大。

保子的母亲最先故去，接着父亲去世，当时旱田都卖光了，只剩下少量山林和宅基地。没有什么古董之类的东西。

这些财产都存在保子名下，但后来就托付给乡下亲戚管理了。或许托他们砍伐山林以便替代缴纳税金吧。长年以来，保子不曾为那个家付出一分一文，同时也没有获得一分一文。

一个时期，为躲避战祸，村里来了一批疏散的人。当时有人打算买过去，信吾看到保子有些舍不得，就作罢了。

信吾同保子是在这座宅子里举办的婚礼，这是做父亲的希望。他表示过，他可以将唯一的女儿嫁出去，条件是必须在自家宅子里举办婚礼。

婚宴举行时，信吾记得有一颗栗子掉落下来。

栗子掉落在庭院里巨大的岩石上，或许与石头斜面形成一定角度，砸在石头上的栗子忽然腾飞起来，落在河谷间。那飞行的曲线，意外地化作一道美丽的风景。

“啊!”信吾几乎喊出声来。他对筵席环视一遍。

一颗栗子的掉落，似乎没有引起人们的注意。

第二天早晨，信吾到河谷看了看，发现栗子就落在水边。

这里掉落了好几颗栗子，不只是婚宴时掉的栗子。信吾拾起来，想跟保子说。

不过，这毕竟有点像孩子。再说，保子以及那些听他说的人，果真认为这就是那颗栗子吗?

信吾将栗子丢在河边的草丛里。

且不说保子是否相信，信吾只因被保子的姐夫看见而感到羞愧。

倘若这位姐夫不在现场，信吾在昨晚婚宴上，也许会说出栗子掉落的事。

正因为这位姐夫来出席婚宴，信吾仿佛受到屈辱般的压力。

姐姐结婚之后，信吾对她一时恋恋难舍，信吾自己也觉得对不起姐夫。姐姐病逝，他和妹妹保子结婚，而对这位两乔义兄依旧心情不能平静。

其实，保子的立场更加委屈。姐夫对这位小姨子的心情佯装不知，把她当作女佣役使。

姐夫作为亲戚，应邀出席保子的婚礼，这是自然的事；而信吾心中有愧，不好意思正面朝姐夫瞧一眼。

其实，在这样的筵席上，姐夫也是个光彩照人的美男子。

信吾感到姐夫座位的周边光芒闪耀。

在保子眼里，姐夫姐姐是理想之国的一对宠儿，信吾一旦同保子结婚，就注定他终生赶不上姐夫他们。

信吾还觉得，姐夫似乎身居高处，冷漠地俯视他和保子的婚礼。

掉下一颗栗子这种微不足道的小事，信吾没有机会及时说出，到头来在他们的夫妇生活中留下了暗点。

房子出生时，信吾暗自期待着一个像保子姐姐般貌美的女儿。他没有跟妻子说。谁知，房子是个比母亲还丑的姑娘。

按照信吾的说法，姐姐的血统未能经过妹妹传承下来。信吾一直暗自对妻子感到失望。

保子梦见乡下自家三四天后，乡下亲戚发来电报，通知他们房子领着孩子回老家了。

这封电报是菊子接到的，然后转交给婆婆，保子等信吾从公司回来。

“梦见老家，或许就是个凶兆。”保子说，她眼望着信吾看电报，显得意外地放心。

“嗯，回乡下老家了？”

于是，信吾首先想到女儿不会寻死。

“可是，她为何不回这个家呢？”

“一旦回娘家来，可能觉得马上就会被相原知道了吧？”

“相原说了什么来吗？”

“没有。”

“看样子夫妻已经无可挽救了，老婆带孩子跑了都没有……”

“房子或许像上次一样，告诉相原自己回娘家了。因为从相原来看，他不好意思到这里来。”

“总之闹得很僵啊！”

“居然真回乡下了，倒叫人不解。”

“回这里来不是更好吗？”

“您那话听起来可真叫人寒心啊！房子不愿回娘家，她很可怜，咱们应当想到这一点。女儿和父母竟是这个样子，我心里着实难过。”

信吾蹙着眉，撅着下巴颏儿，他在解领带。

“好吧，等等再说。和服在哪里？”

菊子拿来替换衣服，抱起信吾的西装，默默出去了。

这期间，保子望着下边，她看着菊子关好后离去的隔扇那边，嘀咕道：

“菊子那媳妇也不一定就不会逃走。”

“照这么说，当爹妈的，一直要对孩子的夫妻生活负责到底喽?”

“您哪里懂得女人的心思……女人悲伤的时候，和男人不一样。”

“对于女人来说，别的女人的内心她都能搞懂吗?”

“瞧，今天修一就没回来。您为何就不能同他一起回家来呢? 您一个人回来了，还叫菊子为您收拾衣服，这算什么事呀。”

信吾未作回应。

“房子的事，您不想跟修一商量一下看吗?”保子说。

“派修一去一趟乡下吧，还是把房子接到这里来。”

“让修一去接房子，或许她不情愿呢，因为修一瞧不起她。”

“说那些丧气的话，还能干什么呢? 星期六就叫修一去吧。”

“去老家也够丢人的，我们从来不回去，仿佛断了缘分。房子没有可以依靠的人，她到底还是去啦。”

“她到乡下不知住在谁家里。”

“也许就住在那间空房子里。她也不便去麻烦婶母一家。”

保子的婶母该有八十多了。保子和当家的堂弟几乎没有什么来往，信吾也不记得他家里有几口人。

保子梦见的是破烂不堪的屋子，房子怎么会跑到娘家的破屋子去住呢？信吾心里实在感到不是味儿。

三

星期六早晨，修一和信吾爷俩一同离开家门，来到公司。离列车出发还有一段时间。

修一走到父亲办公室，对女办事员英子说：

“我把伞寄放在这里。”

英子稍稍倾着脑袋，眯细着眼睛，问：

“要出差吗？”

“嗯。”

修一放下旅行箱，坐在信吾前边的椅子上。

英子的眼睛一直盯着他。

“天气变冷了，要当心。”

“对了。”修一望着英子方向，对信吾说：

“今天本来同她相约要去跳舞的。”

“是吗？”

“让老爷子带你去吧。”

英子脸红了。

信吾也懒得再说什么。

修一出发时，英子提着旅行箱要送送他。

“不用，不像样子。”

修一夺过箱子，消失在门外。

被甩下的英子，在门前做了个不起眼的动作，精神萎靡地回到自己座位上。

是难为情还是故作姿态，信吾无法断定，但她那浮薄的表现使他一阵轻松。

“好容易约会一次，真叫人遗憾啊。”

“近来，他时常失约呢。”

“我来替代吧。”

“啊。”

“有什么不合适的吗?”

“哎呀。”

英子惊奇地抬起眼睛。

“修一的情人去过舞厅了?”

“那倒没有。”

关于修一的情妇，以前信吾只听英子说过，那女子略显沙哑的嗓音很性感，其他则不曾听闻过什么。

就连和信吾同在一个办公室的英子也见过修一的情妇，而修一的家人却不知道。这或许是世间的通例，但信吾很不理解。

尤其眼前看着英子，他更觉得难以理解。

英子看起来似乎是个轻佻女子，但逢这种场合，仿佛像对待人情世故的一道厚重的帷幕，她站到了信吾面前。英子究竟在想些什么，谁也不知道。

“那么，你就跟他去跳舞，见到了那个女人，对吗?”信吾轻松地问。

“是的。”

“经常吗?”

“不太经常。”

“修一向你介绍过吗?”

“倒也谈不上什么介绍。”

“我怎么也闹不明白，会见情妇也要捎带上你，是想让她吃醋吗?”

“我们这号人，不会给人挡横的。”英子说罢，缩缩脖子。

信吾看透了英子对修一既抱有好意，又心生妒忌，便说：

“使个绊子又有何妨。”

“哎呀。”

英子埋头笑了。

“对方也是两个人啊。”

“什么？那女人领来个男人吗？”

“是女伴，不是男的。”

“是吗，那我放心了。”

“哎呀。”英子看看信吾，“她们住在一起。”

“住在一起，两个女人租一间房吗？”

“不，地方虽小，但也很舒适。”

“怎么，你去看过？”

“嗯。”英子嗫嚅地说。

信吾又好奇起来，稍稍着急地问：

“家在哪里？”

英子顿时脸色惨白。

“真难办呀。”她嘀咕道。

信吾沉默不语。

“本乡[1]的大学附近。”

“是吗？”

英子为了减轻压力，继续说下去：

“一条细细的巷子，暗漆漆的，房子倒是很漂亮。另一位女子，长得很秀气，我很喜欢她。”

“另一位女子，她不是修一的情妇，对吗？”

“是的，给人的印象很好。”

---

① 东京都文京区，东京大学所在地。

“噢？那两个女人都在做什么呢？她们都是独身吗？”

“是的。不过，我也不清楚。”

“两个女人合伙过日子？”

英子点点头。

“那位给人的感觉很文雅，以前没见过这种人，所以每天都想见到她。”英子有点撒娇地说。听她的口气，由于那女子感觉很文雅，英子似乎想借此使得自己某些方面获得宽免。

对信吾来说，这些都很意外。

信吾不能不想到，英子是否借着夸奖那位同居女伴，间接贬低修一的情妇。他一时看不透英子内心真实的想法。

英子两眼望着窗户。

“太阳照进来啦！”

“可不是嘛，稍微打开些吧。”

“他来存伞的时候，还不知道会怎么样呢。出差遇到晴天，那太好啦。”

英子以为，修一是为公司的事出差。

英子一只手擎着打开的窗玻璃，站立了一会儿，牵拉起半个身子的衣裾。她似乎有些凄迷。

她低着头回到原处。

勤杂工手拿三四封信件走进来。

英子接过来，放在信吾的办公桌上。

“又是告别式，真烦人啊，这回是鸟山吗?”信吾嘀咕着。

“今天下午二时，不知那位夫人怎么样了。”

对于信吾的自言自语，英子早已习惯了。她只是暗暗看着信吾。

信吾嘴巴微张，心情茫然地说：

“今天不能跳舞了，要去告别式。”

“这个人，碰到夫人更年期，受尽虐待。夫人不给他饭吃，真的不给他吃啊。只有早饭还可以，在家吃罢了出门去，但她没给丈夫准备任何吃的东西。因为孩子的饭做好了，丈夫只能躲着老婆，偷偷摸摸地吃。夜里怕老婆，不敢回家。每天晚上在街上闲逛，看电影，泡书场，等老婆孩子睡着了再回家。孩子们都站在妈妈一边，一同虐待老子。”

“为什么呢?”

“不为什么，只因为到了更年期啊。更年期的女人赛老虎!”

英子有几分被耍笑的感觉。

“不过，做丈夫的恐怕也有不对的地方吧?”

“当时，他是一位杰出的官员。后来进入民营公司。总之，告别式好歹能找个寺社举办，看来是有相当地位的。他当官时并不奢华。”

“全家都靠他养活吗?”

“那当然啦。”

“我真不明白呀。”

“可不，你们哪里会知道。五六十岁的堂堂男子汉，怕老婆，不敢回家，半夜里在外头到处转悠，这样的人不在少数。”

信吾回忆着鸟山的模样儿，就是想不起来。说来十年没见面了。

信吾思忖着，鸟山是否死在自己家里呢?

四

信吾满指望在告别式上能够遇到几个大学时代的同学，他烧完香在庙门口站了老半天，一个同学也没见到。

和信吾差不多年龄的人都没来。

信吾想，自己莫非来晚了吗?

向里一瞅，排列在正殿门口的人们，散乱地走动起来。

家属都在正殿内部。

夫人或许还健在，不出信吾所料，站在棺材前边的瘦小女子，似乎就是她。

头发染了，但好久未能持续，发根露出白色。

这位老妇为了看护久病不起的鸟山，没有空闲染头发吧。信吾低头向老妇方向致意时想到。当转身面对棺椁烧香时，口里犯起嘀咕：谁又知道事实如何？

也就是说，信吾登上正殿的台阶，向家属行礼期间，鸟山妻子虐待丈夫的事悉数被遗忘。面对死者作揖行礼时，倒想起了这些事。信吾不由打了个激灵。

信吾走出正殿，一路上绝不朝家属席上死者的妻子看一眼。

信吾内心“咯噔”一下，只为自己忘得很离奇，并非因为鸟山及其妻子。他心情烦乱，沿着石板道往回走。

忘却和丧失，信吾走路时的脑子里就有感觉。

知道鸟山和他老婆关系的人已经很少。即使少部分知道的人活着，也已经失去了记忆，剩下的只有听任妻子随便回忆，缺少一个真正为他秉持公道的第三者。

信吾也参加过六七个老同学的聚会，即便谈起鸟山，没有人认真思考，只是大笑。一个提起这件事的汉子，始终带着谐谑和夸张的调子。

当时聚会的人中，有两个比鸟山死得早。

如今的信吾认为，妻子如何虐待鸟山，鸟山又如何被妻子虐待，恐怕连当事人鸟山和他老婆都不甚了了。

鸟山稀里糊涂踏上黄泉路，留下的妻子也觉得，这些“过去”也随之变成没有鸟山的“过去”了。妻子也将不明不白一死了之。

在老同学聚会上谈论鸟山往事的汉子家里，听说传承下来四五种古老的能面[1]。鸟山来时他拿出能面给他看，鸟山好半天待在他家没有动。据那汉子说，鸟山初见能面不会有什么兴趣，只因为妻子睡觉前他不敢回家，为了磨时间罢了。

如今的信吾在思忖，这位年过半百的一家之主，每晚如此夜游不止，是否在深深思索着什么呢？

悬挂在告别式上的鸟山的遗照，似乎是为官时代过年过节的日子拍摄的。身穿礼服，一张温和的圆脸。经过照相馆的修整，没有一点暗影。

鸟山这张温和的面颜，看起来十分年轻，同棺材前的妻子很不协调。给人的印象只能是：妻子受鸟山折磨，看起来很衰老。

因为妻子身材矮小，信吾向下能俯视到她那雪白的发根。她的半个肩膀也稍稍塌陷下来，给人憔悴不堪的感觉。

鸟山的儿女以及他们各自的家人，也都站在夫人一旁，信吾没有认真地朝那瞧一眼。

信吾站在庙门口等着，想着如果遇上老同学，不论是谁他都要问一句：

---

① 日本古典戏剧“能乐”用的面具。

“你家里怎么样？”

倘若对方拿同一个问题问他，他打算回答：

“以为总算平安无事地过来了，反倒女儿、儿子家里叫人不放心。”

就算如此的交心，丝毫不能获得对方任何帮助，自己也不愿增加这个麻烦。谈论一路，不过最后走到车站，挥手告别。

不过，信吾指望的也仅是这一点。

“就说鸟山吧，他这么一死，被妻子虐待的事，不就留不下任何蛛丝马迹了吗？”

“鸟山的儿女家庭美满，就证明鸟山夫妇获得成功吗？”

“现今的世界，父母对于儿女们的婚姻生活，究竟负有怎样的责任呢？”

真想对老同学诉说一番啊，信吾嘀咕着。不知怎的，信吾的内心一时激动难平。

寺院屋顶，一群麻雀鸣叫不已。

雀群顺着庇檐划一道圆弧飞上屋脊，再划一道圆弧飞走了。

五

从寺院回到公司，有两位客人等着他。

信吾叫人从身后的壁橱里拿出威士忌，倒进红茶，这样有助于恢复记忆力。

他一边接待客人，一边想起昨日早晨在家中看到的麻雀。

麻雀在后山脚下的芒草丛里。它们啄食芒草穗子，吃草籽儿，吃虫子。信吾正这么想着，忽然意识到，本来认为是雀群，其中也交混着画眉鸟。

麻雀和画眉聚在一起，信吾再次仔细地看着。

六七只一群，从一棵草穗儿飞向另一棵草穗儿。不管哪棵草穗儿，只要有鸟儿起落，都会大肆摇摆一阵子。

三只画眉鸟。这种鸟儿老实，不像麻雀性儿急躁，也很少飞来飞去。

画眉羽翼闪亮，看胸间的毛色，像是今年新生的雏鸟。麻雀则显得有点儿灰不溜秋的。

不用说，信吾喜欢画眉，但正如画眉和麻雀的鸣声皆来自脾性儿一样，它们的动作也皆因脾性各有不同。

麻雀和画眉会吵架吗？他观看了一会儿。

麻雀和麻雀呼叫交飞，画眉和画眉邀约聚集，自然有别，虽有时汇合一处，也不见吵架的样子。

信吾很感动。那是早晨洗脸的时候。

刚才寺门外就有麻雀，他由此产生联想。

信吾送走客人，关好门扉，转过头来对英子说：

“你带我去修一情妇的家。”

信吾在和客人谈话的时候就打定了主意，英子却感到突然。

英子蓦然做了个反抗的表情，显得颇为扫兴，随后立即委顿起来，生硬地问道：

“去那里，干什么呀？”她的声音很冷淡。

“不会给你惹麻烦的。”

“您要见她吗？”

信吾并未想到今天就去见那个女人。

“不能等修一君回来之后，一块儿去吗？”英子沉着地问。

信吾感到英子在讥笑他。

英子坐在车上，也是闷声不响。

信吾以为，自己仅仅为了羞辱英子，蹂躏一下她的感情，心里就很沉重。其实这也等于羞辱了自己和儿子修一。

信吾打算趁修一外出时解决问题，这并非空想。不过，也只能停留在空想上。

“我以为，要想找她直接说话儿，不如先和那位同居者聊一聊为好。”英子说。

“就是那位你感觉很好的女子吗？”

“是的，我把她叫到公司来吧？”

“这个嘛……”信吾的话模棱两可。

“前不久修一君在她们家喝酒，喝得烂醉如泥，行为粗暴。修一君叫那女子唱歌，她就用甜美的嗓音唱起来，竟然把绢子小姐唱哭了。可见绢子小姐很听她的话呀。”

奇妙的谈话方式，那个叫绢子的，或许就是修一的情妇。

信吾并不知道修一有那样的醉态。

他们在大学前下车，拐进小路。

“修一君要是知道这件事，我就不能来公司上班了，我就到这里吧。”英子低声说。

信吾不寒而栗。

英子站住不走了。

“转过对面一道石墙，第四户，挂着‘池田’门牌的住宅。我就不进去了，她们认识我。”

“今天算了吧，麻烦你了。”

“怎么了？都走到这里了呀……只要您全家平和，去一趟不也很好吗？”

信吾从英子的反抗中感到憎恶。

英子所说的石墙，是一段水泥围墙。庭院里有一棵高大的红枫。拐过宅子一角，第四户，标有“池田”的小型老式宅第，没有任何特色。入口朝北，光线晦暗，楼上的玻璃窗关闭着，听不到一点动静。

信吾打门前走了过去，没有可看的地方。

他一旦走过，立即泄气了。

那个家庭到底隐藏着儿子怎样的生活呢？信吾觉得没有必要突然闯入这个家。

他沿着别的路绕了个圈子，回到原地时，英子已经离去。走到下车的那条大道，也不见英子的影子。

信吾回到家中，似乎很难直视菊子的面孔，随口说道：

“修一路过一下公司就走了。好一个晴天啊！”

信吾疲惫不堪，及早就寝了。

“修一向公司请了几天假？”保子从餐厅里问道。

“这个嘛。没问过他，只是叫他把房子领回来，也就是两三天吧。”信吾在被窝里回答。

“今天，我也来帮忙，吩咐菊子将棉被套上了。”

房子要是领着两个孩子回来了，信吾想，菊子今后会更加劳累。

他在考虑让修一住到别的地方去。他联想到在本乡见到的修一情妇的家。

同时，他也想起英子的反抗。虽然每日待在身旁，信吾不曾看到英子如此爆发过。

菊子的爆发尚未得见吧？保子曾经对信吾说起过，那孩子怕对爸爸影响不好，连吃醋也不敢明目张胆了。

不久，睡着了的信吾，又被保子的鼾声吵醒。他顺手捏住保子的鼻子。

保子像是早已醒来的人一样，说道：

“房子又会照样拎着包裹回来吗?”

“大概是吧。”

谈话到此中断了。

岛梦

一

地板下的野狗生小狗了。

“生”这个词儿有点儿冷漠，不过对于信吾一家来说，确乎如此。狗在地板下产崽儿，家里人谁也不知道。

“妈妈，阿辉昨天今天都没来，是不是生了呀？”七八天前，菊子曾经在厨房里对婆婆保子提起过。

“可不，是没见到呀。”保子漫然地回应道。

信吾把脚垂到地炉内，沏上一壶玉露茶。自今年秋天起，养成每天早晨喝玉露茶的习惯了，而且是亲自动手。

菊子一边准备早饭，一边谈论着母狗阿辉的事，她到这里不再说下去了。

菊子跪伏着将一碗酱汤放在信吾面前。此时，信吾倒着玉露茶问道：

“喝杯茶吧，怎么样?”

“好的，我喝。”

这是从未有过的事，菊子重新坐正身子。

信吾望着菊子，说道：

“腰带和羽织外褂都印着菊花，菊花盛开的秋天过去了。今年房子前来打扰，把你的生日也给忘记啦。”

“腰带绘着四君子呢，一年四季都好穿。”

“什么叫四君子?”

“兰、竹、梅、菊……”菊子高兴地数落着，“爸爸，您一定在什么东西上看到过的，绘画中也有，和服上经常使用。”

“这花纹真是不厌其多啊。”

菊子放下茶杯，说：

“很好喝。”

“哈呀，不知是谁家，作为香资的回礼，送了这包玉露茶，这就又喝起来了。过去我喝了不少玉露，粗茶是不进家的。”

那天早晨，修一首先到公司上班。

信吾在门厅里一边换鞋子，一边回忆寄来玉露茶的朋友的名字。他完全可以问菊子，但终于没有开口。那位朋友带一个年轻女子住温泉旅馆，突然死在那里了。

“对啦，阿辉不来了吗?”信吾问。

“是的，昨天和今天都没来。”菊子回答。

有时候，听到信吾出门的响声，阿辉就转到门厅里来，一直跟着他到门外。

信吾想到，最近有一次，菊子在门厅内为阿辉抚摸肚子。

“好怕人呢，肥嘟嘟的肚子……”菊子蹙起眉头，但依旧在探摸胎儿。

“几个崽儿？”

阿辉倏忽白了菊子一眼，接着就横躺下来，仰起腹部。

阿辉的肚子并不显得很肥胖，还没有让菊子感到恶心的程度。只是皮肤略微变薄的下腹部，变成了淡红色。乳根里积满了污垢。

“有十个乳头？”

菊子这么一说，信吾便用眼睛数着数目。最上面的一对乳头，细小而又干瘪。

阿辉虽然是家犬，挂着狗牌，然而主人不太精心喂养，终于变成野狗。它常在主人家周围邻里的厨房门口转悠。菊子早晚在残羹剩饭里给阿辉多加一些，这之后阿辉待在信吾家的时候也渐渐多起来了。有时半夜听到庭院里狗叫，使人感到狗已经安居在家。可是菊子还未把阿辉当成自家的狗。

还有，狗下崽，总是回到主人家去。

因此，菊子所说的昨日今日没来，指的是狗这次回到主人家下崽的事。

产崽要回到主人家，信吾觉得很可怜。

不过，这次是在信吾家地板下边产崽的。十多天了，没人发现。

信吾和修一从公司下班回家了。他们一回来，就听菊子说：

“爸爸，阿辉在家里下崽了呢。”

“是吗？在哪儿？”

“女佣房间的地板底下。”

“嗯。”

家里没有女佣，三铺席的房间代替仓库，堆放着各种杂物。

“阿辉钻到女佣房间地板下面了，我瞅了瞅，好像有狗崽儿。”

“嗯，几只？”

“黑漆漆的，看不清楚，是在很深的地方。”

“是吗？看来是在家里产崽的。”

“妈妈说过，之前阿辉动作奇怪地围着储藏室打转转，似乎在掘土，看来是在寻找产崽的地方。要是铺些稻草进去，阿辉也许会在储藏室里产崽的。”

“等小狗长大了就难办啦。”修一说。

信吾对阿辉在家中下崽抱着好意，但一想到这些野狗的后代到处理时又一时扔不掉，便立即厌恶起来。

“听说阿辉来家里产崽啦?”保子也问。

“可不是嘛。”

“女佣宿舍地板下边啊，就那里没人，阿辉倒是想到了。”

保子坐在地炉里，皱着脸皮仰头瞧了信吾一眼。

信吾也进入地炉，喝口粗茶，对修一说：

“哎，有一次，你说过谷崎要给咱介绍女佣，怎么样了?”

信吾又亲自倒了第二杯粗茶。

“那是烟灰缸，爸爸。”修一提醒道。

信吾弄错了，他把茶倒进烟灰缸里了。

二

“我老了，没登富士山，终于已老去。”信吾在公司里嘀咕着。

虽说是突然冒上来的一句话，但颇有意味，他反复念叨。

或许因为昨夜做了松岛的梦，所以浮现出这句话来。

信吾没有去过松岛，做松岛的梦，今早觉得挺奇怪的。

而且到了这把年纪，才发现竟然连日本三景的松岛和

“天桥立”都没有去过。只有一处安艺的宫岛，那是冬天，为公司的事到九州出差，回来路过，下车前去看了看。

到了早晨，梦只留下了断片，但是岛上松树的颜色和大海的颜色印象鲜明。很清楚，那里就是松岛。

在松荫下的草地上，信吾拥抱一个女子，颤抖地躲藏着，远离了同伴。女子非常年轻，是个姑娘。他不知道自己多大年龄，但既然能和那女子在松林里跑来跑去，估计信吾也很年轻。他抱着姑娘，感觉不到年龄之差，似乎是个青年。不过，似乎不是返老还童，也不是往昔之事。信吾仿佛觉得，六十二岁的自己瞬间成为二十多岁的青年。这就是梦的奇妙之处。

同伴的汽艇驶入远海。那艘船上，站立着一位女子，不住挥动着手帕。海蓝色中纯白的手帕，直到梦醒之后还鲜明保留着。信吾就要和身边女子两人一起留在小岛上了，但他丝毫没有感到不安。在信吾看来，他能看见汽艇，但从汽艇上看不见信吾他们隐藏的地方。他想的只是这些。

梦见白手帕时，他醒了。

早晨起床后，不知自己抱着的女子是谁。既没有面孔，也不见身影，更没有留下触感。只有景色是鲜明的。然而，他还不明白，那里为何是松岛？为何会做起松岛的梦？

信吾既没有去过松岛，也没有乘汽艇登上过无人小岛。

梦里有颜色是不是神经衰弱引起的？信吾本想问问家

里人，但终于没有说出口。梦中同女人相拥，很是可厌。不过那是现在自己的青春翻版，浑然天成。

梦中时光的奇妙，多少给信吾一些慰藉。

那女子是谁呢？要是知道了她的身份，时间的奇妙或许也可以得到解答，他在公司里一根接一根抽着烟思考着，这时有人轻声敲门，门开了。

“早安。”铃本走了进来，“以为你还没来呢。”

铃本摘掉帽子，挂在那里。英子连忙走过来接外套，铃本没脱，就那么坐在椅子上了。信吾看着铃本的光头，觉得很滑稽。耳朵上边增加了老人斑，脏兮兮的。

“一大早，干什么呢？”

信吾强忍着没笑，看看自己的手。信吾的手背到手腕子周围，因时光变化，也渗进了一层淡淡的老人斑。

“水田君到西天享福去啦……”

“啊，水田！”信吾想起来了，“对，对，是水田作为香资回礼送的玉露茶。从此又使我恢复喝玉露的老习惯。他家送的是上等玉露。”

“玉露很好喝，水田君上西天也令人向往啊，不过，虽然时常听说那种死法，但没想到水田会这样死去啊。”

“嗯？”

“不是很叫人羡慕吗？”

“像你这样又胖又秃，很有希望啊！”

“我的血压不怎么高。听说水田害怕脑溢血，一个人不敢在外头过夜。”

水田猝死于温泉旅馆。举行葬礼时，老同学们都犯嘀咕，说他到西天享艳福去了。水田的死为何会引起这种联想呢？或许因为他带着一个年轻女子吧。其后想想，多少有些怪诞。不过在当时，大家都满怀好奇，等着看那女子会不会来参加葬礼。有人说，那女子将终生后悔；也有人说，假若她真心爱男的，倒也心甘情愿。

如今，六十多岁的人，大多是大学时代的同学，书生意气，天南海北瞎扯一通，在信吾眼里，也是老丑的表现。彼此现在也用学生时代的诨号和爱称呼唤对方。知道相互间的青春时光，这不仅包含亲密与怀念，同时也流露出对于一种老朽的个人主义人情世故的厌恶。水田将先前死去的鸟山当作笑料，水田的死又被别人当作笑料。

铃本在葬礼上大谈极乐世界，信吾想到此人将来如愿以偿时那般死法，感到不寒而栗。

“不过，这把年纪，太难看啦！”信吾说。

“是啊，我们都已经不会再梦见女人啦。”铃本平静地说。

“你登过富士吗？”信吾问。

“富士？富士山吗？”铃本露出不解的神色，“我没登过，怎么啦？”

“我也没登过。没登富士山，终于已老去。”

“什么？带有什么淫亵的意味吗？”

“胡说！”信吾大笑起来。

在门口附近桌子上摆着算盘的英子，也偷偷笑了。

“这么说来，一辈子没登过富士山，也没看过日本三景的人格外多。日本人中登过富士山的人占百分之几呀？”

“啊，不到百分之一吧？”

铃本又把话头转回来。

“这么说来，像水田这般幸运的人真是数万分数十万分之一啊。”

“就像中了头彩，不过家属不会高兴。”

“嗯，其实，我要说的就是家属的事。水田的妻子来找我了。”铃本一本正经起来，“她来托我办好这样一件事。”铃本说着，顺手解开桌上的包裹。

“是能面，能乐剧演员戴的假面具。水田的妻子打算把这能面卖给我，我带来给你看看。”

“我对能面一窍不通，正如日本三景，明知道在日本，就是没去看过。”

有两个能面盒子，铃本从布袋里掏出能面来。

“这是慈童①，那个是喝食②。两个都是孩子。”

---

① 品格高尚的童子面具。传说为周穆王所喜爱的儿童，因犯罪被流放于南阳郦县，由于饮食当地菊花露而成仙。

② 禅寺中向市僧报告饭菜种类及进食方法的有发青年。

“这个是儿童吗?”

信吾撮起喝食，捏住贯通两耳的纸捻儿瞧着。

“描绘着刘海儿，梳成银杏髻。是元服①前夕的少年的样子，笑起来还有酒窝呢。”

“嗯。”

信吾自然伸长了臂弯。

“谷崎君，那里有眼镜。”信吾对英子说。

“不，你呀，这样就行。能面，就要这样看，稍微伸长手臂，举得高一点。我们的老花眼，反而距离正合适。就这样，使能面稍微低伏一些，光线黯淡些……”

“似乎像某个人物，富有写实性。”

让能面低伏，谓之“阴面”，表现面含忧郁；眼睛上扬，谓之“明面”，表现神色明朗……铃本作了详细说明。左右摆动与否，意味着是否在使用中。

“多像某个人啊!”信吾又说一遍，“不像是少年，倒像是青年。”

“古时候的孩子早熟，能面里的所谓“童颜”，只能增加怪诞之感。请仔细看，这可是少年啊，而慈童据说是妖精，是永恒的少年的象征。”

按照铃本所说，信吾活动着慈童能面瞧着。

---

① 每年一月举行的成人式加冠典礼。

慈童的刘海儿，就是河童的秃顶式刘海。

“怎么样？收下吧。”铃本说。信吾将能面放在桌子上。

“她是托你的，还是你买吧。”

“嗯，我也买了，其实水田妻子拿来五具，我留下两具女面，推给海野一具，也请你来买。”

“什么，挑剩的？自己先拣女面留下来，你好自私啊！”

“你以为女面好？”

“好是好，没有啦。”

“那这样吧，我那副给你，你能买下，就是帮了大忙。水田那种死法，我一见到他老婆，就只是觉得她很可怜，拒绝不了啊。其实啊，比起女面，还是这个工艺精湛，永恒的少年，不是很好吗？”

“水田死了，在他家经常观看这些能面的鸟山，在他前头也死了。心情很不好啊。”

“这具慈童，是个永恒的少年，不是挺好吗？”

“你参加鸟山的告别式了吗？”

“我有事，没能去。”

铃本站起身来。

“好吧，先放在你这里，慢慢看吧。你要是不满意，转让给谁都可以。”

“满意不满意，都与我无缘。挺好的能面，脱离能乐剧，由我们到死一直收藏在家里，岂不失去生命了吗？”

“好了，别说啦。”

“多少钱？贵吗？”信吾紧接着追问道。

“啊，为了防止忘记，我叫夫人写在纸卷上了。大体就是那个价格，或许还可以再便宜些。”

信吾戴上眼镜，准备打开纸卷观看，不想眼前一亮，慈童的毛发和嘴唇线条十分优美，他不由惊叫起来。

铃本走了之后，英子挨近桌边来。

“很好看吧？”

英子默默点点头。

“戴在脸上试试看。”

“哎呀，我吗？挺滑稽的，穿着西装呢。”英子说。信吾正要把能面拿走，英子亲手贴在脸上，将绳子系在脑后。

“轻轻地摇动一下。”

“好吧。”

英子娉婷而立，戴上能面，做出各种动作。

“很好，很好。”信吾脱口而出。即使稍稍动一下，能面就活了起来。

英子穿着紫红色西装，波浪发型披散到能面两侧，紧凑而又可爱。

“可以了吗？”

“啊哈。”

信吾立即叫英子去购买能面参考书。

画 | 斋藤清

三

喝食和慈童都有作者的名字。查一下书，虽然没有收入室町时代的所谓古代典籍，却属于仅次于此的名家之作。信吾虽说第一次将能面捧在手中观察，但他也认为并非赝品。

“哎呀，好可怕。什么呀?”保子戴上老花镜瞧着能面。

菊子偷偷笑起来。

“妈妈，戴上爸爸的眼镜，看得清楚吗?”

“啊，老花镜啊，不讲究的。”信吾代替回答，“不论借谁的，都能凑合着用。”

保子戴的正是从信吾口袋里掏出的那副眼镜。

“一般都是当家的最先花眼，可咱家老太太毕竟大一岁呀。”

信吾今日心情特好，没脱外套，就把腿伸到地炉里了。

“眼花了，最要命的是吃东西看不清楚。端上来的饭菜，稍微下点功夫烹制的，有时根本分不出来哪个是哪个。开始老花时，捧起饭碗，米饭白茫茫一团，一粒一粒分辨不清。吃起来也不香。”信吾嘴里说着，眼睛却一直出神地瞧着能面。

然而，他注意到菊子已经把和服放在他膝盖旁边，等待他换衣服。此外，他发现修一今天又没回家。

信吾站起身，一边换衣服，一边俯视着地炉上的能面。

眼下，就是这样，他也是为着避免瞧看菊子的面颜。

菊子打刚才起就没有挨过来看能面，她慢腾腾地收拾着西装。或许因为修一没有回家的缘故吧。信吾想到这里，心头罩上一层阴影。

“总觉得好恶心呢。很像人头啊！”保子说。

信吾回到地炉里。

“你看哪个好啊？”

“当然这个好。”保子随即回答，并把喝食能面捧在手里，“简直就像活人。”

“嗯，是吗？”

信吾对保子的立断感到扫兴。

“时代相同，作者各异。都是丰臣秀吉[1]的时候。”他说着，随即把脸凑近慈童能面的正上方。

喝食是男人脸孔，眉毛也是男性的。慈童是中性，眉眼开阔，眉毛如初三新月，秀媚婉丽，近乎少女。

自正上方凑近了看，少女般美艳的肌肤，在信吾的老花眼里，经过柔化与缓解，具有人体的温润，能面似乎活

---

① 丰臣秀吉（1537—1598），安土桃山时代武将。尾张（爱知县古称）人。早年仕织田信长，立战功。信长殁后，平定各地势力，统一天下。病死于征服朝鲜半岛军中。

了，笑了。

“啊！”信吾倒抽一口凉气，再把脸靠近距离三四寸处，活的少女微笑起来。那可是优美而清醇的微笑啊！

眼睛与口唇确实活了。空阔的眼眶深藏着黝黑的眸子。茜红色的樱唇看起来优美、润泽。信吾屏住呼吸，鼻尖将要触到时，黑幽幽的瞳孔自下向上浮动，下唇的肌肉鼓胀了。信吾差点儿去接吻了。他深深舒了口气，抬起面孔。

脸一旦离开，刚刚的一切如同谎言一般。他好一阵子大喘粗气。

信吾默然不语，将慈童能面装进袋子。红底金襕的袋子。他把喝食的袋子交给保子。

“装进去吧。”

信吾仿佛看到，古典颜色的口红，自唇际下缘向内渐次淡薄，直至慈童下唇深部。秀口微启，下唇不见齿列。朱唇犹如雪上蓓蕾。

挨近脸孔观察，对于能面是不应有的邪道。这种观赏方法为制造能面者所不曾想到吧？能乐舞台上，保持适当距离观察时，能面最富活力。但是如今，即使极端的近距离，仍然能感觉到最充沛的活力。信吾以为这或许就是能面制造者爱的秘密。

这是因为信吾本身感受到一种生来的“邪恋”而引起的激动。那能面感觉较之人间女子更为妖艳，或许因为自己老花眼的缘故。想到这里他差点笑了。

不过，梦中同姑娘相拥，喜欢带着能面的英子，几乎和慈童接吻……信吾思索着，这一连串艳举，莫非意味着内心里某种情思闪烁不已？

信吾自从老花眼之后，不曾同年轻女子脸儿磕着脸儿。对于老花眼来说，又会具有朦胧的轻柔意趣吗？

“这具能面啊，乃是作为香资还礼寄来玉露茶叶的水田家的藏品。水田，就是那个猝死在温泉旅馆里的。”信吾对保子说。

“好恶心呢。”保子重复地说。

信吾把威士忌倒进粗茶里喝着。

菊子在厨房切葱花，准备做鲷鱼火锅。

四

年末二十九日清晨，信吾一边洗脸，一边看着阿辉带领一窝小狗到太阳地里晒太阳。

小狗从女佣房间的地板下爬出来了，可不知是四只还是五只。菊子动作麻利地一手抓住一只爬出来的小狗，抱回家里。抱起来的小狗十分驯服，但一见人就逃回地板下边。它们不会结成群到院子里来。所以，菊子一会儿说四只，一会儿又说五只。

早晨阳光下，这才看清楚小狗是五只。

从前信吾看到麻雀和画眉混合结群，也在同一座山脚下。战争期间，将挖掘防空洞的泥土堆起来种菜。现在成了动物晒太阳的场所了。

画眉和麻雀啄食过穗子的芒草虽然干枯了，但依然坚挺地保持着原形，从山脚下遮掩着隆起的土堆。聪明的阿辉在土堆上选择了一块长满细柔杂草的地方。信吾看了感叹不已。

人们起床之前，或者起来后忙于做早饭而不注意的时候，阿辉就把小狗们带到那块地方，一边在朝阳下晒太阳，一边给小狗们喂奶。悠闲地享受不被人类骚扰的短暂的快乐。信吾首先想到这里，面对一派小阳春景象微笑了。岁暮二十九日，镰仓向阳的地方一派小阳春。

然而，看着看着，五只小狗为争夺乳头撞突不已，前脚掌宛若水泵压挤乳汁，尽情发挥动物本能的力量。或许小狗们长大了，可以爬上土堆了，阿辉也不愿意继续喂奶了。母狗要么使劲儿摇摆着身子，要么将腹部向下耷拉。阿辉的乳房被小狗们的爪子抓伤了，露出一道道鲜红的血绺子。

阿辉终于站立起来，甩掉吃奶的小狗，跑下土堆。一只紧抓母体不放的黑色小狗，随之从土堆上滚落下来。

落差三尺的高度，信吾大吃一惊。谁知小狗竟安然无事，再次站立起来，瞬间愣了一下，立即走过去，嗅嗅泥土的气息。

"好悬啊!"信吾想。这只小狗的长相，眼下虽属初识，但感觉上完全和以前所见一模一样。信吾思忖了好一会儿。

"可不是吗，这就是宗达[①]的画啊!"他自言自语。

"嗯，真了不起。"

信吾只是在写真版上瞥过一眼宗达的小狗水墨画，以为属于定型的玩具般的小狗，没想到是生动的写实。他看了深为惊奇。如今所见黑色小狗的姿态之上，更增添了品格与优美，与画面酷似。

信吾认为喝食能面是写实的，像是某人。他综合起来思考着。

那位制作喝食能面的工匠和画家宗达是同时代的人。

用现在的话说，宗达画的是杂种幼犬。

"来呀，快来看呀，小狗都出来啦。"

四只小狗缩起爪子，怯生生从土堆上走下来。

信吾静心期待着，黑毛小狗和其他小狗再也看不到宗达绘画中的那种模样儿了。

信吾思忖，小狗变成宗达的绘画，慈童能面变成现实的女子，抑或这两件事的两种逆反，也是偶然一时的启

---

① 俵屋宗达，生卒年不详，江户初期画家，琳派之祖。

示吧。

信吾将喝食能面挂在墙上，慈童能面则像秘密一般藏在壁橱深部。

一经信吾呼喊，保子、菊子婆媳俩都到盥洗室里观看小狗。

“怎么，你们洗脸时都没有发现吗?”信吾说道。菊子将手轻轻搭在婆婆的肩膀上，从后面窥探。

“女人家一早都在忙活着，是吗，妈妈?”

“是的呀，阿辉呢?”保子问。

“阿辉的孩子们都像迷路或被丢弃，东一头，西一头，转来转去。它到底跑哪儿去了呢?”

“这些小狗扔掉时会舍不得啊。”信吾说。

“已经有两只要出嫁啦。”菊子说。

“是吗？有人要吗?”

“有呀，一家就是阿辉的主家，他们说想要母狗。”

“嗯？阿辉变成野狗，他们是想用小母狗传种换代呢。”

“好像是这样。”

接着，菊子先回答婆婆：

“妈妈，阿辉是到哪里吃饭去了。”

然后再对公公加以说明：

“提起阿辉，它可聪明了，邻居们都感到惊讶。它知道这些家庭吃饭的时间，到时候就准时转到那里去了。”

“嗯，是这样啊？”

信吾有些失望，最近喂它早饭和晚饭，本以为它会待在家里，原来瞅准邻居家开饭时间，到那边加餐去了。

“正确地说，不是吃饭时，而是饭后收拾的时候。”菊子加了一句。

“邻居们见面都说，你们家阿辉下崽儿了，他们还问起阿辉各种情况。我还给附近的孩子们看了阿辉的小崽儿呢，趁着爸爸上班的时候。”

“看来挺有人缘啊！”

“是啊是啊，有位夫人说得很有趣，她说，阿辉来你们家生小狗了，所以家里也将添人丁呢。阿辉也是在为你家媳妇加油啊。不正是值得祝贺一番吗？”保子这么一说，菊子飞红了脸，悄悄从婆婆肩头缩回了手。

“说些什么呀，妈妈！”

“她是这么说的嘛，我只是原样转达啊。”

“狗和人能一样对待吗？”信吾说。这话也说得很不适当。

不料菊子竟然抬起低伏的脸孔：

“雨宫爷爷特别惦记着阿辉，他们来问了，说咱家能否把阿辉领过来饲养。老爷子那口气亲如家人，我也感到很为难。”

“是吗？可以领过来。”信吾回答，“他都来我们家这么说了。”

雨宫本是阿辉主家的邻居，事业失败，卖掉房子，搬到东京去了。原有一对老夫妇寄居在雨宫家，帮助家里干点杂活，因为东京的房子过于褊窄，他们被留在镰仓，租了房子居住。附近的人都管这位老人叫“雨宫爷爷”。

阿辉和这位雨宫爷爷最亲密，搬进租赁的房子之后，老人还来探望过阿辉。

“我立即去给老爷爷说，让他放心。”菊子说罢，趁机走开了。

信吾没有看菊子的背影。他的目光追踪着黑色小狗，随即发现窗户旁边倒伏一大片蓟草，花已凋零，根茎也折断了，但蓟草依旧郁郁青青。

“蓟草的生命力很顽强啊!”信吾说。

冬樱

一

除夕半夜里下雨了，元旦是雨天。

打今年起，改用实际年龄计算岁数，信吾六十一，保子六十二。

元日早晨本打算睡个懒觉，房子的女儿里子一大早在走廊上跑动的响声，把信吾惊醒了。

菊子起床了。

“里子，欢迎。一起煮杂烩年糕好吗？里子也来帮忙吧。”菊子说着，招呼里子到厨房去，不想让她在信吾卧室廊缘上跑来跑去。里子根本不听，还是吧嗒吧嗒继续跑动。

“里子，里子！”房子在被窝里呼叫，里子也不肯回答母亲。

保子也醒了，对信吾说：

“雨日元旦啊。”

“嗯。”

“里子起来了，房子还在睡，媳妇菊子不就得起来做事吗？”

当说出“不就得”这个词的时候，保子的舌头稍稍有些不灵活，信吾感到有些奇怪。

“我也好久没有在过年时节被小孩子吵醒过了。”保子说。

“今后每天都是啊。”

“那也不一定，相原家没有走廊，来到咱们家觉得很新鲜，才会到处跑动的吧？等习惯了，就不会再跑了。”

“可不是吗？这样年龄的小孩子，就喜欢在廊子上玩耍。吧嗒吧嗒，那声音仿佛都被地板吸住了。”

“腿脚还软弱哩。”保子说着，侧耳细听里子的脚步声，“里子今年本应该五岁了。突然变成只有三岁，真是莫名其妙啊。我们倒是不管算成六十四还是六十二，都没什么太大的不同。”

“那也不见得。有些事很奇怪，比如我比你生月早，打今年起，有段时间是和你同岁的。从我的诞生日到你的诞生日这段时间，年龄是相同的，不是吗？”

“啊，是这样的。”

保子也注意到了。

“怎么样，是一大发现吧？这可是一生的奇事啊！”

“是的嘛，不过即使现在同岁又有什么用呢？”保子嘀咕道。

“里子，里子，里子！”房子又在呼叫。

里子似乎跑厌了，回到母亲的被窝。

“脚不冷吗？”听到房子的问话。

信吾闭上眼睛。

过一阵子，保子说：

“那孩子在大家起床前，也到处跑跑就好了，等到大家都在，她就一句话不说，缠着母亲不放。”

老公母俩相互探索着，看谁对这个外孙女更疼爱，不是吗？

至少信吾觉得自己的一份情爱被保子摸清了。

或者说，信吾或许是自己在琢磨自己。

里子在廊子上吧嗒吧嗒奔跑的足音，虽然没睡足的信吾听起来有些刺耳，但也不至于因此生气。

不过，外孙女的足音也使他感觉不到舒缓轻柔，或许信吾的确少了一份亲情吧。

里子跑动的廊下，保持着挡雨窗打开前的黑暗，信吾并没有想到这一点。保子却立即感觉到了。由此看来，外婆对外孙女独有一番悲悯的深情。

二

房子不幸的婚姻，也给女儿里子留下暗影。信吾对此并非缺乏怜悯，但使他头疼的事太多太多了。信吾对于女儿婚姻的失败也无能为力。

一切都一筹莫展，信吾有些迷惑不解。

关于过门后女儿的婚后生活，父母的力量是有限的。事情闹到了不得不离婚的地步，女儿自己也无力挽回。

同相原分手，拖累着两个女儿的房子，被父母接回身边，并不等于事情已经了结。房子既没有获得精神创伤的治愈，也没有建立起生活的根基。

女儿婚姻的失败，真的没有解决的办法了吗？

秋天，房子离开相原的家，没有回到娘家来，而是回信州[①]老家了。乡下发来电报，信吾他们这才知道房子离家出走的经过。

房子被修一领回娘家。

在娘家住了一个月光景，房子说要找相原说个明白，就离开了家门。

本来是信吾或修一去面见相原说说的，但房子听不进

---

① 亦曰信浓，长野县古称。

劝说，她要亲自跑一趟。

母亲叫她把孩子放在家里，房子歇斯底里地咬住不放：

“孩子如何处置是关键问题，不知将来会成为我的孩子，还是相原的孩子。”

她走了，就再也没回来。

不管怎么说，到底是两口子之间的事，信吾他们不知道要静待几日才有结果，接着便是一连串不得安稳的日子。

房子杳无信息。

难道又老老实实回到相原身边去了吗？

“难道房子就这样一直拖延下去了吗？”保子说。

“我们还不是一直拖延下去吗？”信吾回应道，夫妻俩都面带忧戚。

除夕那天，房子不知打哪儿突然回来了。

“唉呀，你怎么啦？”

保子怯生生地望着房子和孩子。

房子想折叠起蝙蝠伞，两手不住颤抖，伞骨似乎断了一两根。

保子见了问道：

“下雨啦？”

菊子走下台阶，抱起里子。

保子刚在儿媳妇菊子协助之下，正在向套盒里装炖杂烩。

房子是从厨房门进来的。

信吾以为房子是来要零钱的，看来又不像是。

保子也擦擦手，走进餐厅，站在那儿瞧着女儿，说：

“相原君他也真是，大年夜居然把你赶出来了。”

房子没有吭声，只是流眼泪。

“这样也好，这回彻底断了缘分。”信吾说。

“可不是？哪有人过年时被人赶出家门的呢？”

“我是自己出来的。”房子哭着回了一句。

“是吗，那就好，你是想回家过年，就回来了，是吧？我说话不当，向你道歉。好了，那件事等过年后再慢慢料理吧。”

保子说罢回厨房去了。

信吾一时对保子的话有些吃惊。他从中觉察出母亲对女儿的疼爱。

房子大年夜从厨房后门回到娘家来；里子在元旦早晨晦暗的廊缘上跑来跑去……对此，保子都寄予怜悯之情。尽管理所当然，但信吾也泛起疑惑，是否保子对他也有顾虑呢？

元旦早晨，房子睡到很迟，最后一个起床。

大家一边听着房子洗漱的声音，一边坐在餐桌边等着她。然而，房子化妆的时间同样很长。

修一闲着无事可做。

“饮屠苏酒之前，来杯这个。”修一在信吾的杯子里倒了日本清酒。

“爸爸的脑袋大都变白啦。”

“啊，到了我们这般年龄，一天里会猛然增添好多白发。岂止一天，瞅着瞅着，眼前的头发就白了起来。”

“果真这样?”

“是真的。你看!”信吾说着，稍稍伸过头来。

修一和保子娘儿俩看着信吾的头，菊子也极为认真地盯着公公的脑袋仔细瞧。

菊子把房子的小女儿抱在膝盖上。

三

家里为房子和孩子们又设了一处地炉，菊子进入那里了。

信吾和修一爷儿俩围着地炉饮酒，保子从一旁加入进来。

修一不大在家里饮酒，不过，碰上元旦又是雨天，喝得有些过量了。他顾不得父亲，只管自斟自酌，眼神也起了变化。

信吾听英子对他说过，修一在绢子家喝得烂醉如泥，叫绢子同室的女子唱歌给他听，惹得绢子哭起来。如今看到修一醉眼蒙眬，随即联想起这些事来。

“菊子，菊子！”保子在呼叫，“这里也放些橘子吧。”

菊子打开隔扇，拿来了橘子。

“哎，坐在这儿吧。他们爷儿俩也不说话，只顾喝闷酒。”保子说。

菊子迅即瞥了修一一眼，岔开话题：

“爸爸没有喝酒啊。”

“不，我略微考虑了一下爸爸这一生。”修一嘀咕着，似乎话里带刺儿。

“一生？一生什么事呢？”信吾问。

“漠然不得知，如果硬要做出结论，那就是到底成功了还是失败了。”修一说。

“那种事，谁能搞得清楚……”信吾顶了一句，“咳，今年过年，沙丁鱼干和鱼肉蛋卷的味道又回到战前水平，从这种意义上说，倒是成功的。”

“沙丁鱼干和鱼肉蛋卷，是吗？”

“是啊，不就是这些东西吗？你不是说略微考虑了一下老爸这一生吗？”

“虽然我说的是‘略微’。”

“啊，平凡人的一生，今年还活着，过年又吃上沙丁鱼干和鱼子酱哩。好多人不都死了吗？”

“那倒也是。”

“不过，父母这辈子成功或失败，好像也决定于孩子婚姻的成功或失败。对我来说，没办法做到。”

“这是爸爸的实际体会吗？”

保子抬起眉头说：

“别争啦，大年第一天。房子也在家里。”

保子小声地说着，问菊子：

“房子呢？”

“姐姐休息了。”

“里子呢？”

“里子和婴儿也都睡了。”

“哎呀哎呀，娘儿三个是打瞌睡吧？”保子说着，心中“咯噔”一下，脸上露出天真的表情。

大门开了，菊子去张望，谷崎英子拜年来了。

“哎呀哎呀，这么大的雨。”

信吾大为惊讶。“哎呀哎呀”，是模仿刚才保子的声调。

“她说不进来了。”菊子说。

“是吗？”

信吾走向门厅。

英子挽着外套站在那里，一身玄色天鹅绒服装，剃得颇为洁净的面孔，浓妆艳抹，腰肢紧束，姿态细巧玲珑。

英子表情有些拘谨，她向信吾恭贺新年。

“这么大的雨，真是难为你啦。今天没有一个人上门，我也不打算外出了。天气很冷，进来暖和暖和吧。”

“啊，谢谢。”

英子冒着严寒风雨徒步而来，是特来诉苦的呢，还是真正有什么事呢？信吾一时无法判断。

总之，信吾只觉得，不顾风雨一路走来，实在够艰难的。

英子不想进家来。

“好吧，我也决心同你一道出去。既然一起外出，那就先进来坐着等我一会儿。板仓先生，就是前任总经理，每年元旦都要去见见面的。”

信吾今天一早就想到这件事，英子来了，他便下定决心，立即准备出行。

信吾一到门厅，修一一骨碌躺倒了，等到信吾回来换衣服，他又起来了。

“谷崎来了。”

“哦。”

修一无动于衷，他不想会见英子。

信吾出门时，修一抬起头，目送着父亲的背影，说：

“天黑以前务必回来。”

“哎，会早些回来的。”

阿辉在门口转悠。

小黑狗不知从哪儿跑过来，学着母狗，赶在信吾前头，摇摇摆摆向门外跑去。半个身子的毛发已经濡湿了。

“啊呀，怪可怜的。”

英子正要向小狗蹲下身子。

“家里生了五只小狗崽儿，有人要，送掉四只，就剩下这一只了。”信吾说道，“这一只也有了主儿。”

横须贺线列车很空。

信吾望着车窗外横斜的雨脚，心想，这天气自己居然出来了。不知为何，他的心情很舒畅。

“每年，参拜八幡神社的人，几乎挤破车厢。”

英子点点头。

“对啦对啦，你是每年元旦都要来拜年的。”信吾说。

“是的。”

英子好一会儿低俯着身子。

“即使我不在公司了，到了元旦我还会来拜年的。”

“结了婚之后就不会再来喽。”信吾说，“怎么，你来不是有什么话要说吗？”

“没有。”

“不客气的，说吧。我头脑迟钝，有点儿痴呆。”

“说什么痴呆呀？”英子冒了句奇妙的话，“不过，我打算辞去公司的工作。”

对此，信吾不是一点没有预感，他一时难以回答。

“这种事情，本来不该在元旦一早就提出来的。”英子的话很老成，“改日再说。”

"是吗?"

信吾心情沉重起来。

信吾忽然觉得，在自己办公室里使唤了三年的英子，转眼之间变成另外的女人了，和平时明显不同了。

其实平时，信吾不曾仔细审视过英子，对于信吾来说，英子不过是个办事员而已。

瞬间，信吾自然感到要挽留英子。不过，英子原本也不受信吾制约。

"你要辞职，看来责任在我。是我教你领我到修一女人家，使你感到厌恶，不愿在公司里再见到修一，对吧?"

"我是感到厌恶。"英子明确地说，"不过，回头想想，作为父亲，本是当然的事。再说，我自己也不好，这我很清楚。我叫修一君带我去跳舞，兴奋起来又高高兴兴到绢子家里玩。这都是堕落的表现。"

"堕落？还不至于吧。"

"我学坏了。"英子悲戚地眯细着眼睛，"辞去公司的工作后，为了报答您多年的恩顾，我将力劝绢子小姐尽快离开修一君。"

信吾感到惊讶，心里痒抓抓的。

"刚才在门厅见到的，就是那位少奶奶吧?"

"是菊子吗?"

"咳，挺难为情的。下定决心，无论如何，我都要去说服绢子小姐。”

信吾感到英子说得轻飘飘的，自己的心情也随之轻松起来。

信吾忽然想，也许这种轻巧的办法，并非就一定不能解决问题。

“不过，拜托你去做这种事，总有些不合规矩。”

“我是为了报恩，心甘情愿。”

英子虽然凭借小嘴说着大话，但信吾却一时感到有些难为情。

信吾真想说，你别再多管闲事了。

不过，英子似乎被自己的“决心”感动了。

“有那样一位漂亮的太太，男人的心事真是摸不透。我看到他和绢子小姐调情，就感到恶心。可他要是和夫人再怎么亲密，我也不会嫉妒的。”英子说，“不过，引不起别的女子嫉妒的女人，男人也不喜欢吗？”

信吾只是苦笑。

“他常说，夫人是个孩子，是个孩子。”

“对你这么说呀？”信吾尖声地问。

“是啊，他对我，对绢子小姐都这么说……他说，因为是孩子，老爷子很满意。”

“混账！”

信吾不由得看看英子。

英子有些慌乱起来：

“不过，最近倒没说。近来，他不再提及夫人。”

信吾似乎气得哆嗦起来。

信吾觉察到，修一指的是菊子的身子。

难道修一希望新妻是个妓女吗？简直是惊人的无知！信吾认为，其中暗含着可怕的精神上的麻木。

修一竟然将妻子的事告诉绢子和英子，其原因也来自于缺乏谨慎的麻木不仁。

信吾觉得修一太残忍了。不光是修一，绢子和英子对菊子也一样残忍。

修一未曾感受到菊子的纯洁吗？

作为父母最小的女儿，身材修长、皮肤细白的菊子，那副天真烂漫的面孔，随即浮现于信吾的脑际。

为了这个儿媳妇，从感觉上憎恨儿子，虽说有点异常，但信吾本人对此却无法抑制。

信吾因为向往保子的姐姐，那位姐姐死后，他便同比自己大一岁的保子结为夫妻。自己的这种异常感，抑或将贯穿整个生命的底层，为菊子而忧愤终生。

修一早就有了另外的女人，看菊子的表现，似乎对什么叫嫉妒也是茫然不知。然而，正是因为修一的麻木与残忍，反而催发了菊子作为女儿身的欲情。

信吾认为，比起菊子，英子更是一个发育不健全的姑娘。

信吾随即沉默不语了，或许内心的惆怅，压抑了自己的愤怒。

英子也一声不响地脱去手套，理了理头发。

四

热海旅馆的庭院里，一月中旬，樱花盛开。

所谓“寒樱”，是指年末开始绽放的樱花，信吾仿佛感受到另一个世界的春天到来了。

信吾将红梅错看成绯红的桃花，将白梅当成是杏子或别的什么花。

他被领入房间之前，却已被泉水映照的樱花吸引，走向对岸，站在桥上观赏起来。

他到对岸观赏伞状红梅。

三四只白鸭从红梅树下逃出来，信吾从鸭子鹅黄的嘴巴以及赭红的脚蹼上，也感受到了春天。

明日，为了接待公司的客人，为了做好准备，信吾事先前来和旅馆商量一下，没有其他要事。

信吾坐在走廊的椅子上，眺望着满院花朵。

白色杜鹃花也开了。

十国岭飘来浓黑的雨云，信吾回到房间。

桌子上放着两种计时器：怀表和手表。手表快了两分钟。

信吾时时记挂着，两种表很少走得完全一致。

“要是不放心，干脆只带一只表不就行了吗?”经保子这么一说，信吾也觉得有道理，但这是长年的习惯。

晚饭前起，暴风夹着大雨袭来。

因为停电，及早睡下了。

醒来时，院子里有狗吠。排山倒海般的风雨之声大作。

额头渗满汗水，犹如春季海边的风暴，室内混浊、凝重，空气暖湿，难以入眠。

信吾做深呼吸，突然感到吐血似的不安。还历①之年，他一度吐过少量的血，其后，再没有吐过。

“不是肺，而是胃纳不适。”信吾自言自语。

耳内拥塞着东西，沿着两侧的太阳穴，聚集在额头内。信吾揉着脖颈和前额。

山间风暴宛若海啸。响声之外，加上风雨的嚎叫，一同袭来。

这种暴风雨的底层，自远方传来轰鸣之音。

那是火车通过丹那隧道②的响声，信吾心里明白，而

---

① 即六十岁，天干地支最小公倍数为六十，生年干支自次岁起还原，周而复始，故称“还历”。

② 东海道线热海至函南“在来线”（原有铁路）专用隧道，全长7841米。1934年开通，工期16年。北侧即为新丹那隧道，新干线（日本高铁）专用，全长7959米，1964年完成。

且肯定没错。火车钻出隧道时，鸣响了汽笛。

然而，听到汽笛后，信吾蓦地感到害怕起来，睁大了眼睛。

那响声实在太长。火车穿过七千八百米长的隧道，时间要花去七八分钟。火车从对面洞口一进来后，信吾就仿佛听到响声。不过，火车刚刚进入对面函南洞口的一刹那，距离这边热海洞口七百米远的旅馆，果真能听见洞里的声音吗？

信吾头脑里确实与响声同时，感受到了穿过黑暗洞穴的火车。从对面洞口到这边洞口，在这段时间里，他一直连续不断地感受到奔驰的火车。当火车驶出隧道时，信吾这才放下心来。

然而，何其怪哉。信吾想，明日早晨，询问旅馆的人，再给车站打电话，弄清真相。

信吾好一阵子没有入睡。

"信吾先生，信吾先生！"信吾于梦中蒙眬听到呼叫他的声音。

这样的呼叫，只能来自保子的姐姐。

信吾麻痹一般从甜梦中醒来。

"信吾先生，信吾先生，信吾先生！"

这喊声来自后面窗下，是偷偷走到那里呼叫的。

信吾猛然睁开眼睛。后面小河，水声哗然。传来孩子们的叫喊。

信吾起来，打开后方挡雨窗，向外看看。

朝阳明丽。冬日早晨的阳光，犹如经过春雨润泽之后，暖洋洋的。

小河对面的路上，一同走着七八个一起去上学的小学生。

今日的喊叫，莫非就是孩子们相互呼唤的声音吗？

信吾将上身探出窗外，目光透过小河这边河岸的竹丛，仔细地搜寻着。

晨水

一

新年元旦，儿子修一说，父亲的头发大都变白了。信吾回答儿子道，到了我们这把年纪，一天增添好多白发。何止一天，眼睁睁看着，头发就白了。那是因为信吾想起了北本。

提起信吾上学时候的同学，现已都年过花甲，从战争过半时起到战争失败，命运不济者不在少数。由于五十岁以上大都身居高位，一旦跌落即一落千丈，再也无法站起来。这个年龄段的人，多有儿子死在战火之中。

北本失去三个儿子。公司的工作大多转向战争时，北本成了无用之人。

“听说他对着镜子拔白头发，拔着拔着就疯啦。”

一位朋友来看信吾，提起了北本的这个传闻。

“不去公司，在家里闲得无聊，为了解闷儿，就拔白头发。起初，家里人也不当回事，觉得白头发也还没那么惹眼……但是北本每天蹲在镜子前边，昨天刚拔过的地方，今天又长出来了，实在是多得拔也拔不净啊。日复一日，北本在镜子前边越待越久了，一看他不在，就知道他在镜前拔白发呢。稍微离开镜子一会儿，他就急急忙忙回到那里，继续拔白发。”

“那么说，头发全被拔光喽！”信吾笑了。

“你别笑，这可不是笑话。说得对，头发一根没剩下。”

信吾笑得更欢了。

“瞧你，我可不是说笑话啊。”朋友和信吾互相对望着，“听说北本那头一边拔白发，一边长白发，拔一根，旁边的两三根黑发很快也白了。北本一边拔白发，一边对着镜子打量着冒出过多白发的自己，一副无可奈何的眼神。头发明显变稀了。”

信吾忍住笑，问道：

“他老婆就默默允许他拔头发吗？”

朋友觉得这话问得实在多余，继续说道：

“眼看着头发剩下的不多了，就连仅存的头发也都是白色的绒毛。”

“很疼吧？”

“你是说拔的时候吗？他怕拔掉黑发，所以一根一根地很小心，倒也不怎么疼。不过据医生说，像那样拔了头发后，头皮发紧，用手摸时会疼痛。虽说没出血，但没了头发的头皮红肿起来了。最终只好把他送到精神病院。听说剩下的一点头发，北本在住院时也拔去了。好可怕呀，多么吓人的偏执症啊！他不愿老去，他一心只想返老还童。到底是疯了后拔头发，还是拔了头发之后发疯，那就不知道了。”

“最后不是好了吗?”

“是好了，真是奇迹啊，光秃秃的头上又长满了蓬蓬黑发。”

“好一个‘天方夜谭’哩!”信吾又笑起来了。

“这是真的啊。”朋友没有笑，“疯子是没有年龄的，你我也一样，一旦发疯，或许会彻底返老还童。”

朋友说着，望望信吾的头。

“我是绝望啦，你很有希望。”朋友的脑袋几乎全秃了。

“我也拔拔看吧。”信吾小声说。

“试试看，不过，你可能没那份热情，拔得一根也不剩。”

“是没有啊，我不在乎白发。我也没有想长黑头发想得发疯。”

“因为你有了一定的地位。你从数万人苦难的海洋中勇敢地游过来啦。”

“你说得简单。这和对北本说：‘用不着拔掉白发，染黑了不就得啦’不是一样吗？”

“染发是糊弄人。咱们要想糊弄人，就不会出现北本那种奇迹。”朋友说。

“北本不是死了吗？即便像你所说的出现奇迹，头发变黑，返老还童，也还没能……”

“你去参加葬礼了没有？”

“当时不知道。战争结束，稍稍安定了之后才听说。纵然知道了，但空袭最频繁的时候，也很难去东京。”

“不是自然出现的奇迹不会持续太久。北本拔去白发，或许是对年龄和悲惨命运的反抗，但寿命又是另一回事。虽然头发变黑了，但生命并未延续，甚至来个逆转。白发之后生黑发，消耗完剩余的精力，缩短了寿命。不过，北本拼死的冒险，我们也不要小看。”朋友下了结论之后，摇摇头。光秃的脑门，周边布满腋毛般的垂帘。

“眼下，不管见到谁都是白发。我在战时也没有像现在这样，战后明显变白了。”信吾说。

信吾对朋友的话并不全信，只当是风吹过耳罢了。

但是，北本的死讯别的人也提起过，这个没错。

朋友回去后，信吾独自回想一下刚才的谈话，产生了奇妙的心理活动。既然北本事实上过世了，这之前的拔白发长黑发也可以看作是事实。假若长黑发是事实，这之前北本发疯也应该是事实。假若发疯是事实，那么此前北本将头发拔光也应该是事实。假若将头发拔光是事实，那么北本对镜时头发已变白，也可能是事实。如此看来，朋友的话全都是事实，不是吗？信吾想到这里，心里猛然一惊。

"忘记问他了，北本死时是怎样的呢？头发是黑的还是白的？"

信吾说着笑了。他的话和笑都没有发出声音，只有自己听得到。

就算朋友的话全是事实，没有一点夸张。尽管如此，还是带有嘲弄北本的口气。老人一旦谈起已逝的老人，总是轻薄而又残酷。信吾总觉得不是滋味。

信吾的同学当中，非正常死去的除了北本，还有水田。水田同年轻女子一起住进温泉旅馆，猝死在那里。信吾去年末尾，经人介绍买了水田遗物的能面。为了北本，信吾介绍谷崎英子进入公司。

水田是战后去世的，信吾也去参加葬礼了。但是，北本死在频繁空袭的时期，后来才听说。谷崎英子拿着北本女儿的介绍信到公司来，信吾这时才第一次得知，北本的家属疏散到岐阜县，并且一直住在那里。

听说英子是北本女儿的同学。不过，北本女儿介绍这位同学到他公司就职，总觉得有些突然。信吾没有见过北本的女儿。英子也说战争期间她也没见过北本的女儿。在

画 | 斋藤清

信吾眼里，这两个姑娘都有些轻薄。倘若北本的女儿跟母亲商量，使她想到了信吾，那她亲自写信来就好了。

信吾不太相信北本女儿的介绍信。

信吾见到被介绍来的英子，觉得这女孩子体质单弱，心性轻薄。

不过，信吾还是让英子进入公司，就在自己办公室。英子工作三年了。

三年的时光不长，但信吾觉得，对于英子来说，干得已经够长久了。这三年之间，英子跟修一一起去舞厅，倒也不算什么，但她竟然出入于修一情妇的宅邸。另外，信吾还叫英子带路，去看过那个女子的家。

所有这一切，都为此时的英子留下苦涩，对公司也厌倦了。

信吾不曾同英子谈起过北本的事，英子也不知道同学父亲发狂而死。她俩虽说是同学，但还不是热络到互相到家里来玩的程度。

信吾把英子看作是个轻佻的姑娘，然而英子一旦辞去公司工作，信吾觉得她还是有些良心和善意的。在信吾看来，这种良心与善意，来自未婚女子的那份清纯。

二

“爸，您起得挺早啊。”

菊子把自己打算用来洗脸的水放掉，又为信吾重新打好了洗脸水。

鲜血滴滴答答落到水面上，在水里扩散开来，变薄了。

信吾立即想到自己轻度的咳血，但比自己的血更加红艳。他以为菊子咳血了，原来是鼻衄。

菊子用毛巾捂住鼻子。

“仰起身子，仰起身子。”信吾挽住菊子的后背，菊子一时想躲开，向前低俯着。信吾挽住她的肩膀，向后拉着，将手伸向菊子的前额，让她将身子后仰。

“哦，爸爸，没关系的，对不起。”

菊子说话的当儿，鲜血顺着手掌一条线流到胳膊肘上。

“别动，蹲下来，躺下吧。”

菊子在信吾的扶持下，就地缩起身子，背倚墙壁。

“躺下吧。”信吾重复了一句。

菊子闭起眼睛，一动不动。失去血色的白皙的脸上，孩子般露出一副对什么都无可奈何的表情。刘海中浅淡的伤痕，引起了信吾的注意。

“还流吗？要是不再流血了，那就回卧室休息吧。”

“嗯，已经没事啦。”菊子用毛巾揩拭鼻子。

“那个洗脸盆脏了，我现在来洗洗。”

“哦，没关系。”

信吾连忙把洗脸盆里的水放掉，他想，水底下似乎溶化了一层薄薄血色。

信吾没有用洗脸盆，他用手掌捧着龙头的流水洗了脸。

信吾本打算叫起来妻子，让她帮帮菊子。

然而又想，菊子或许不想让婆婆看见自己痛苦的样子。

菊子的鼻血流得很突然，信吾感到菊子的一腔痛苦仿佛一下子喷射出来了。

信吾在镜前用梳子梳头时，菊子打背后经过。

“菊子。”

“哎。”她回头看看，径直向厨房走去。她用火铲盛来炭火，信吾看到火苗炸裂的情景。她把用煤气点燃的炭火，放进餐厅的地炉里。

“哦。”信吾几乎叫出声来，他自己都感到吃惊。他似乎朦朦胧胧忘掉了回娘家来的女儿。昏暗的餐厅的隔壁，睡着房子和两个孩子。挡雨窗没有打开来。所以显得昏暗吧。

为了给菊子做帮手，他也可以叫女儿起来，不一定要喊醒老妻。可是，他打算叫醒老伴时，脑子里想不到房子，倒是奇怪的事。

信吾将双腿垂在地炉里，菊子走过来沏好热茶。

“头脑晕乎乎的吧？”

“有点儿。”

“还早呢，今天早晨休息一下吧。”

“还是活动活动的好，我去拿报纸，吹吹冷风就好啦。都说女人家流鼻血，不用担心。”菊子语气轻柔，“今早也很冷，爸爸为何起得这么早呀？”

“我也不知为什么，寺钟敲响之前就醒了。那座钟无论冬夏六点钟就敲响了。”

信吾第一个起床，但比修一要晚些去公司，整个冬大都是如此。

吃午饭时，他招呼修一一起去附近的西餐馆。

“菊子额头受过伤，你知道吗？”信吾问。

“知道。”

“因为难产，医生下了产钳。那虽然谈不上是出生时留下的痛苦的印记，但每当菊子伤心的时候，那伤痕似乎就很显眼。”

“今天早晨吗？”

“是的。”

“是因为流鼻血吧，脸色难看，伤痕也会突显出来的。”

菊子不知何时告诉修一她流了鼻血。信吾有点摸不清情况，他问道：

“昨夜里菊子不是没有入睡吗？”

修一皱起眉头，沉默了片刻，接着说：

“爸爸，您大可不必凡事都为外来人操心啊。”

“外来人，什么意思？难道她不是你媳妇？”

“所以嘛，您对儿子的媳妇用不着如此操心。”

“你这是什么意思?”

修一没有回答。

三

信吾走进会客厅，英子坐在椅子上，另一个女子站立着。

英子也站了起来。

“好久不见，天气暖和起来了。”英子连声问候道。

“好久了，两个月了吧?”

英子似乎稍稍胖了些，搽了浓浓的胭脂与白粉。信吾想起只同英子跳过一次舞，当时觉得她的乳房只有巴掌大。

“这位是池田小姐，从前曾提到过……”英子一边介绍，一边眨着哭泣般的可爱的眼睛。这是她认真时候的惯癖。

“啊，我姓尾形。”

信吾不好对女子说出“多亏你关照我儿子”。

“池田小姐不想会面，也没有必要会面。她也很不情愿，是我硬拉她来的。”

“是吗?”

接着，转向英子：

"在这儿行吗？去哪里都可以。"

英子探询地看看池田。

"在这里，我没关系。"池田不客气地说。

信吾内心一阵困惑。

英子曾经说过，她要把和修一的情妇住在一起的同室女子带来见见面。不过，信吾听过就算了。

英子从公司辞去工作两个月后，就践行她的许诺，信吾实在有些意外。

莫非要分手了吗？信吾只等池田或英子开口说话。

"英子再三劝我来一趟，我实在耐不过她的唠叨，虽说见您也没用，可还是来了。"池田的语调里满带着不服气，"不过，这回来访，是想告诉您一件事，以前我也曾经劝过绢子小姐，还是同修一君分手为好。我想，这回见见父亲，请他协助早些分手，不也很好吗？"

"啊。"

"英子小姐蒙您之恩，她很同情修一夫人。"

"确实是位好夫人。"英子插嘴道。

"英子小姐也对绢子小姐这么说了，不过，当今的女子，很少会因为有个好夫人就轻易放手。绢子小姐曾经对我说过：'我把别人的丈夫还回去，谁又能将死于战争的我的丈夫还给我呢？只要他能活着回来，哪怕他在外头偷腥搞女人，我也由他去！丈夫爱干啥就让他干啥。池田小姐，你觉得如何？’同是在战争中失去丈夫的女人，我不得不这样想。绢子小姐又说，我们的丈夫去打仗，我们还不是忍了？做了遗属的我们，又能怎么样呢？修一君到我这儿来，不必担心会死，我也不会伤着他，最后还不是放他回家了吗？”

信吾只有苦笑。

“不管夫人多么好，她的丈夫总是没有战死啊。”

“啊，这话说得太粗暴啦。”

“咳，这都是酒后失态，悲戚至极的哭诉……绢子小姐和修一君两个人喝得烂醉，她教修一回家后一定对夫人这么说：‘你不曾经历过等待丈夫从战场归来的苦楚。你不过就是在等一个一定会归来的丈夫嘛。’就这么跟她说。我也是个战争寡妇，但我觉得我们这些遗孀们的恋爱，是不是有些恶劣之处啊？”

“啊，这话什么意思？”

“男子汉，就说修一君吧，喝醉酒也不能那样胡来。他对绢子小姐很粗暴，还罚她唱歌。绢子小姐讨厌唱歌，没办法，只好由我小声哼哼着唱。如果不这样使得修一君平静下来，将闹得街坊邻里鸡犬不宁……我被迫唱歌，觉得受到侮辱，十分苦恼。但心想，这也不是发酒疯，说不定是一种战地之癖。或许修一君在某个战场上，也这样玩过女人。果真如此，那么修一的狂态，也使我看到自己战死疆场的丈夫玩女人的那副样子。心中一阵紧缩，头脑一片茫然，不知为何，我也产生了错觉，仿佛自己就是丈夫的那位情妇。我唱着下流的歌曲，悲切地流着眼泪。后来，我对绢子小姐也说了，她说，这种事儿只限于对自己的丈夫才会有。或许是这样的吧。打那之后，每当修一君逼我唱歌，绢子小姐就跟着一道哭……”

信吾面对病态的女子，神色黯然。

“这种事儿，为了你们自己，也应该尽早停止。”

“是啊，修一君回家后，绢子小姐曾经认真地跟我说，要是做这种事，咱们会堕落的。既然如此，看来分手还是有好处的。不过，一旦分手，其后，总感到这次会真正堕落下去。绢子小姐对这一点也很害怕。唉，女人嘛……”

“这件事，不要紧的。”英子从旁插了一句。

“是啊，一直都在正常工作，英子小姐也全都看在眼里。”

“嗯。”

“我这身衣服也是绢子小姐为我做的。”池田指着身上的西装，“她好像仅次于裁缝主任，店里对她也很器重，英子小姐的职位，一旦经她提出，店里就立即接受了。”

“你也在这家裁缝店上班？”

信吾吃惊地看着英子。

“是的。”英子点点头，稍稍脸红了。

托修一的女人，进入同一家裁缝店，今天又领着池田找上门来，信吾弄不清英子的意图何在。

“我想，绢子小姐不太会在经济上为修一君添麻烦的。”池田说。

“这是当然的。提到经济方面……”

信吾几乎要发火，但他中途还是忍住了。

“我看到绢子小姐受到修一君欺侮，我就经常劝她。”

池田低着头，两手扶在膝盖上。

“修一君也还是负伤归来了。心灵的伤兵。因此……”她仰起脸来，“不可以让他和您分开住吗？我经常这么想。他一旦同夫人小两口儿一起过日子，不就慢慢会同绢子小姐分手了吗？我做了种种考虑……”

“是啊，想想看吧。”

信吾给了肯定的回答。他反驳来客的颐指气使，自己似乎也具有同感。

四

对于这位姓池田的女子，信吾不想托她办事，所以自己没有多说什么，只管听对方滔滔不绝。

作为客人来说，尽管信吾没有曲意奉承，但既然来访，总得推心置腹商谈一番才好，否则人家怎么知道来意如何呢？她虽然该说的也都说了，但又好像是专为绢子讲情来的，不过或许还有其他目的。

信吾考虑着，要不要对英子和池田表示感谢。

他对她俩的来访怀有疑惑，但也不便乱猜。

但是，信吾出于自尊心，他不甘心受辱，回去的路上，转到公司的宴会场，正要入席时，一个艺妓凑近他的耳畔小声嘀咕了一阵。

“说些什么呀？我耳朵聋，听不见。”他生气地说，随即抓住艺妓的香肩，又马上放开了。

“很疼啊！”艺妓摸摸肩膀。

信吾一脸不快。

“请到这边来一下。”艺妓的肩膀挨着信吾，将他带到廊缘上。

十一点钟左右回到家里，修一还没有回来。

“爸爸回来了？”

餐厅对面的房间，房子一边为最小的女儿喂奶，一边撑起一只胳膊肘儿，抬起脑袋。

“嗯，回来了。”信吾望望这边，“里子睡觉啦？”

“咳，姐姐刚睡下，里子刚才问我，一万元和一百万元哪个多，哪个多呀？逗得大伙儿大笑不止。我对她说，外公马上回家来了，等会儿问问看吧。结果睡下了。”

“战前的一万元和战后的一百万元吧？”信吾笑了，“菊子，给我一杯水。”

“好的，是水吗？要喝冷水吗？”

菊子觉得很稀奇，她去了。

“井里的水，不放漂白剂的井水。”

“哎。”

“里子不是战前生的，那时我还没结婚呢。”房子躺在被窝里说。

“不管战前战后，还是不结婚的好。”

听到后院井水的响声，信吾的妻子说。

“按压抽水机，发出吱嘎吱嘎的声音，那响声也变得寒冷了。冬天里，为了给您沏茶，菊子一大早就吱嘎吱嘎给您压水，那响声被窝里也听得见，让人浑身发冷。”

“嗯。告诉你，我正考虑，叫修一分开住呢。”信吾小声说。

“别居吗？”

“那样更好些吧？”

“是啊，房子要是一直住下去……”

“妈妈，要是别居，我就出去住。”

房子起来了。

“我分开住，好吗？”

“同你没关系。”信吾说道。

“有关系，大有关系。相原骂我：‘你父亲不疼你，才使你养成一副怪脾气。’他的话顿时堵在我的嗓子眼里，气得我说不出话来。我从来没有这样苦恼啊！”

“嗨，你平静些，都三十岁了。”

“没有个平静的去处，平静不下来啊。”

房子掩上突露出肥白乳房的前胸。

信吾疲倦地站立起来。

“老太婆，睡吧。”

菊子端来一杯水，一只手拿着一枚大树叶子。信吾站着喝完了那杯水。

“那是什么？”信吾问。

“枇杷的新芽。水井前一片莹白，飘浮在薄薄的月光里，隐隐约约。我不知是什么，原来枇杷的嫩芽长大了。”

“还是女学生的爱好。”房子讥刺道。

夜声

一

信吾在男人的呻吟声里醒过来了。

一时分不清狗吠与人声，开始时信吾听到狗的嚎叫。

他想到阿辉或许就要死了，它是吃了下毒的东西被毒死的吧。

信吾的心跳即刻加快了。

“啊。”他按住胸脯，似乎要发心脏病了。

他完全醒过来了。不是狗吠，而是人的叹息。似乎被掐住脖子，牵拉着舌头。信吾一阵心寒，有人受害了。

“我听！我听！”似乎有人在喊叫。

是声音卡在喉咙管里痛苦的呼喊，不合语调。

“我听！我听！”

似乎是被杀前的叫喊，大概对方强求着什么，逼迫他听着吧。

门口传来有人倒地的声响。信吾耸着肩头，打算起来看看。

“菊子！菊子！”

是修一，他在叫菊子[1]，舌头硬了，有的声音发不出来了。他喝得烂醉如泥。

信吾精疲力尽，头放在枕头上休息。胸口依然怦怦直跳。他抚摸着胸口，调节着呼吸。

“菊子！菊子！”

修一不是用手砸门，而是摇摇晃晃用身子撞击门板。

信吾本想休息一会儿再去给他开门。

转念一想，自己起身去开门不太合适。

修一满怀凄楚的情爱和悲哀呼唤着菊子，听起来似乎要舍掉一切。人在痛楚苦闷至极、生命垂危之际，才会像幼儿唤母那样悲切呼喊。那是发自罪愆底层的呼唤。修一以一颗赤裸着的痛楚的心向着菊子撒娇。想着或许妻子听不到吧，他醉态蒙眬之中便撒起娇来。他似乎在跪拜菊子。

“菊子！菊子！”

修一的痛苦传给信吾了。

自己有过一次如此满怀绝望的情爱，呼喊妻子的名字

---

① 日语中“菊子”与动词“听”发音近似。

吗？信吾自己恐怕也不知道修一有时在外地战场的那种绝望吧？

信吾侧耳倾听，要是菊子醒来就好了。儿子的哀号被儿媳听到，他也感到有点难为情。信吾想，要是菊子不起来，就把妻子保子叫醒。不过，还是菊子醒来最好。

信吾用足尖将热的汤婆子蹬到被窝一头。已经到春天了，他还用汤婆子，所以使得心跳加快了吧？

信吾的汤婆子由菊子负责料理。

“菊子，给我准备汤婆子吧。”信吾时常吩咐道。

菊子为他灌装的汤婆子，温度保持得最长久，瓶口也拧得最严实。

或许保子太顽固、身体还很健康的缘故，到了这个岁数，依旧不愿使用汤婆子。她的脚很热。五十多岁时，信吾一直靠妻子的肌肤焐被窝，近几年离开了。

保子从来不把脚伸向信吾的汤婆子。

“菊子！菊子！”又是一阵砸门声。

信吾打开枕畔的电灯看时间，快到两点半了。

横须贺线末班电车一点前抵达镰仓，那之后修一又泡在站前饭馆里喝酒吧？

听到修一现在的声音，信吾想到，他和那个东京女子的交往，或许到了该收场的时候了。

菊子起来了，她从厨房走出来了。

信吾放心地关了电灯。

原谅他算了，信吾在嘴里自言自语，仿佛是对菊子说的。

修一似乎攀着菊子的肩膀进来了。

“疼啊，疼啊，放开我！”菊子说。

“左手抓住我的头发啦。”

“是吗？”

小两口似乎互相牵拉着一起倒在厨房里了。

“不行啊，不能动……搁在我膝盖上……喝醉酒，脚肿了。”

“脚肿了？说谎！”

菊子把修一的脚放在自己的膝头上，好像在为他脱鞋子。

菊子原谅了修一。信吾可以不用担心了。夫妇之间，没有越不过的坎儿。菊子能够对丈夫表示宽恕，也许心里很高兴呢。

修一的呼叫，说不定菊子也清楚地听到了。

纵然如此，修一是从情妇家里醉酒归来，作为妻子的菊子却能将他的脚放在膝盖上为他脱鞋，信吾切实感到了菊子善良温淑的心怀。

菊子让修一睡下之后，便去关上厨房后门和大门。

修一的鼾声信吾也听到了。

修一被妻子迎进家门，立即入寝了。那么，那位使得修一烂醉如泥的女人绢子，眼下如何呢？不是说修一在绢子家一喝醉酒就发酒疯，弄得绢子哭哭啼啼的吗？

还有，打从修一结识绢子起，菊子时常脸色青白，但腰肢却渐渐丰满起来。

二

修一如雷的鼾声，不久就停了，然而，信吾再也睡不着了。

保子打鼾的恶癖也传给儿子了吗？信吾想。

不会吧，或许是今夜醉酒的缘故。

近来，信吾也听不到妻子的鼾声了。

寒冷时期，保子睡得更熟了。

信吾睡眠不足的翌日，记忆力更加不好，他烦躁不安，内心伤感。

或许刚才他是在感伤的心绪中听到修一呼唤菊子的叫声吧？但修一可能只是因为舌头僵直，抑或借助醉态掩饰自己的行为不端。

信吾从语义模糊、六音不正之中，感受到修一的情爱与悲哀。其实他只不过对修一抱有一线希望罢了。

不管怎样，听到那呼叫，信吾原谅了修一。而且想到，菊子也会原谅他吧。信吾联想到此种利己性的骨肉亲情。信吾对儿媳菊子一片温情，其根源依然是为了自己的亲生儿子。

修一干出了丑事，他在东京的情妇家中醉酒归来，几乎倒在自家门前地上。

倘若信吾起来开门，看到父亲紧皱眉头，儿子也会有所清醒。幸好是菊子开的门，修一扶着菊子的肩膀走进了家门。

菊子既是修一的受害者，又是修一的赦免者。

二十出头的菊子，同修一夫妇俩过日子，要达到信吾和保子这般年龄，得反反复复多少次原谅丈夫啊！菊子将会无限地原谅下去吗？

但是，所谓夫妇，也是一座阴森可怖的沼泽，无限度地相互原谅和吸纳丑行。绢子对修一的爱，信吾对菊子的爱等，不久也会被修一和菊子的夫妇沼泽所吸纳，不留任何痕迹。

战后的法律，在信吾看来，从亲子改为以夫妻为家庭单位是有道理的。

“也就是夫妻沼泽。”信吾低声嘀咕着。

“还是要同修一分开住啊。”

心有所想，就会不经意地在嘴里低声咕叽，这习惯也是信吾上了年纪的缘故。

“夫妻沼泽。”他之所以犯嘀咕，那是因为这话的意思是，夫妻二人一起生活，互相忍受对方恶行，由此使这个沼泽越来越深。

所谓妻子的自觉，就是从正视丈夫的恶行开始吧。

信吾的眉毛很痒，随即用手揉了揉。

春天临近了。

夜半醒来，也不像冬天那般冷了。

信吾听到修一的叫声起来之前，已经从梦中醒过来了。当时，还清晰地记得梦的内容。然而，他被修一吵醒时，梦也大体忘记了。

抑或因自己的心慌，梦的记忆消泯了。

所记得的是十四五岁少女堕胎的事情。其余只剩一句话：

“然后，某某女子成为永恒的圣少女。”

梦中，信吾读着这则故事。这句话出现在故事的结尾。

信吾一边朗读故事，同时故事的情节，如同戏剧或电影一般，浮现于梦中。信吾自己没有出现在梦中，完全站在观众的立场上。

十四五岁堕胎，作为圣少女也太奇怪了，其实中间是一部很长的故事。信吾在梦中读了少男少女纯爱的故事名作，醒来时，剩下的只有感伤。

少女不知道是怀孕，更不觉得是堕胎，只是一心一意思恋被迫别离的少年吗？这样一来，既不自然，也不清纯。

忘记的梦，其后不会再来。再有，阅读这种故事的感情，也是一场梦。

梦中，也应该出现了少女的名字，看见了少女的面孔。现在只是朦胧记得女体的大小，正确地说，身材小巧。似乎穿着和服。

信吾以为在这位少女身上梦见了保子姐姐美丽的面影，但似乎又不是。

梦的源头不过是昨晚晚报上的一篇报道。

大标题为：

少女生下一对双胞胎，青森逸闻《春的觉醒》

据青森县公共卫生科调查，县内根据优生保护法，堕胎妇女中十五岁五人，十四岁三人，十三岁一人。高中学生的年龄——十八岁至十六岁四百人，其中，高中生占百分之二十。此外，初中生妊娠，弘前市一人，青森市一人，南津轻郡四人，北津轻郡一人。而且，由于缺少性知识，虽然经专门医生之手，但还是造成严重的后果，死亡百分之零点二；重病者占百分之二点五。至于那些偷偷请非专业医生处理而丧命的女孩子（幼母），更加令人寒心。

这里举出了四个分娩的实例，北津轻郡的初二学生，十四岁，去年二月，突然觉得要分娩，产下双胞胎，母子健康。年幼的母亲现在上初中三年级，父母不知道孩子怀孕。

青森市高二学生，十七岁，和班上一位男生相约未来，去年夏天怀孕了。双方父母考虑到两人都是少男少女，还在读书，所以堕胎了。但是，男孩子却说："我们不是闹着玩的，我们不久就要结婚。"

这篇新闻报道，使得信吾很受震动。因为此后睡着了，所以做了少女堕胎的梦。

然而，在信吾的梦中，那些少男少女既没有被丑化，也没有被恶化，而是作为"纯爱物语"，塑造了一组"永恒的圣女"。入睡前，他不曾想到过这些。

信吾的震动化作美丽的梦境。这是为什么？

信吾在梦中，拯救了堕胎少女，或许也拯救了自己。

总之，梦中出现了善意。

信吾回想自己，自己的善意会在梦中苏醒吗？

莫非闪烁于垂暮之年的青春的流连，使他梦见少男少女的纯爱吗？信吾感伤地撒起娇来。

或许因为有了此种梦后的感伤，信吾对修一的哀叫，先是善意地倾听着，随后感到了情爱与悲哀。

三

翌日早晨，信吾躺在被窝里听到菊子将修一摇醒了。

近来，信吾老是为早醒而苦恼，爱睡懒觉的保子提醒他：

“‘老年人不服老，起早洗个冷水澡。’可要惹人厌的啊!”他起得比儿媳妇还早，自己也觉得不合适，悄悄开门拿来报纸，躺在被窝里慢慢阅读。

修一去盥洗室洗漱。

他要刷牙，牙刷一放进嘴里，大概觉得不舒服，发出哼哼唧唧的声音。

菊子一路小跑进入厨房。

信吾起来了。菊子从厨房回来，在走廊上遇到了。

“哦，爸爸。”

菊子差点儿撞着公公，她立即收住脚步，猝然飞红了脸颊，右手杯子里的液体溢了出来。为了消解修一昨夜的宿醉，菊子从厨房端来一杯冷酒。

这时的菊子尚未化妆，稍显白皙的面孔染上红晕，睡眼惺忪，未曾涂胭脂的素白的双唇之间闪露着洁白的牙齿，她羞涩地笑了笑。信吾甚感爱怜。

菊子至今依然保有一份天真无邪的性情吗？信吾联想

起昨夜的梦境。

不过，细思忖，报纸上刊登的关于年幼少女结婚生育的事一点也不稀罕，过去早婚的人此种现象相当多。

在这些少年这个年龄段里，信吾本人也在深深思恋保子的姐姐。

菊子知道信吾坐在餐厅里，赶紧打开那里的挡雨窗。

初春的朝阳照射进来。

菊子似乎惊讶于过量的光照，同时想到被信吾盯视着背影，她双手举过头顶，倏忽绾起睡乱的头发。

神社高大的银杏树虽然尚未发芽，但早晨的阳光和早晨的嗅觉，似乎已经感受到嫩芽的芳香。

菊子迅速装扮完毕，端来一杯玉露茶。

“啊，爸爸，时间晚啦。”

睡起的信吾，玉露茶也喝热的，因为水热，沏茶方法反而困难，但菊子沏的茶对信吾来说最相宜。

倘若未婚姑娘为他沏上一杯茶，那将更加美味，信吾想。

“为醉汉送冷酒解醉，再给老糊涂沏玉露茶，菊子好忙碌啊！”信吾打趣地说。

“唉呀，爸爸，您都知道啦？”

“我那时醒了，开始还以为是阿辉在叫呢。”

“是吗？”

菊子俯身而坐，不容易一下子站立起来。

"我呀，在菊子之前就被吵醒了。"房子隔着一道隔扇说道，"哼哼唧唧，声音很可怕。我知道阿辉不会叫，是修一在哀号。"

房子依然穿着睡衣，一边为最小的女儿国子喂奶，一边走进餐厅。

面容清癯，乳房白皙而丰美。

"哎呀，怎么是这副样子？太不像话啦。"信吾说。

"我呀，因为相原邋遢，我不管怎样，也就自然变邋遢了。嫁给一个邋遢的男人，怎么能不邋遢呢？实在没办法啊。"

房子将国子由右侧奶头换到左侧奶头，继续说道：

"要是厌恶女儿邋遢，还是预先调查一下亲家是否邋遢为好。"

房子的口气颇为生硬。

"男女不一样。"

"一个样，您看看修一。"

房子走向盥洗室。

菊子伸出两手，房子粗暴地将婴儿交给她，孩子哭叫起来。

房子不顾一切地向对面走去。

保子洗完脸走过来。

“来，”随之接过孩子，“这孩子的爸爸，究竟怎么打算呢？房子大年夜回到娘家之后，都两个多月了。说房子邋遢，可老头子关键时候不是更邋遢吗？大年夜，他还说过：‘这样也好，这回彻底断了缘分。’可是说归说，一直拖延到今天，相原也没来个说法。”

保子一边说话，一边打量着腕内婴孩的小脸。

“听修一说，您使唤的姓谷崎的那个女子，是半个寡妇，房子也成了半个被遗弃的人啦。”

“什么叫半个寡妇？”

“虽然没结婚，但心上人战死了。”

“战时，谷崎还是个小姑娘啊。”

“虚岁也有十六七了吧？也应该有心上人啦。”

信吾倒没有想到保子所说的“心上人”这个词儿。

修一没有吃早饭就外出了，或许心情不好吧？时间也很晚了。

信吾一直窝在家中，直到午前邮递员送信的时候。菊子放在信吾面前的邮件中，有一封写给菊子的信函。

“菊子！”信吾将信递给她。

菊子也不看名字，直接拿到信吾这里来了。很少有人给菊子写信，她从来也不等什么信。

菊子当场读过那封信，说道：

“一位老同学来信说，她堕胎了，情况不太好，住进了本乡的大学医院[1]。”

“嗯?”

信吾摘掉眼镜，望着菊子的脸。

“大概是偷偷找了个非专业的接生婆，那是很危险的啊!”

信吾想到晚报上的报道和今天的来信，竟然如此巧合，还有昨夜堕胎的梦境。

信吾很想把昨夜的梦境说给菊子听，他感到一种诱惑。

但他很难说出口，只是望着菊子。他内心里闪烁着青春之光，蓦然间，他又联想到菊子是否也怀孕了，说不定正打算堕胎呢。信吾深感惊讶。

四

电车通过北镰仓山谷。

“盛开的梅花真好看呀。”菊子好奇地眺望着。

北镰仓贴近车窗的地方，梅树很多。信吾每天打这里经过，有时瞧上一眼。

梅花已经过了盛时，向阳的地方，白色的花已经衰败了。

---

① 此处暗指东京大学校医院。

“咱们家院子里的也盛开了啊。”信吾说。其实只有两三棵，菊子也许初次看到今年的梅花。

正如很少收到别人的来信，菊子同样很少外出，只是到镰仓街道上走走，买买东西。

菊子到大学医院探望朋友，信吾同她一道出行。

修一女人的家位于大学前边，这使信吾有点担心。

还有，他想在路上顺势问问儿媳有没有怀孕。

虽然也不是什么难以启齿的事，但信吾终于没有说出口来。

信吾已经有好几年不再听妻子保子说起女人的生理期。过了更年期，保子更是一字不提，后来与健康无关，自然断绝了吗?

就连保子不再提起这件事本身，信吾也给忘了。

信吾想问问菊子，便回忆起保子的事。

保子要是知道菊子到医院妇产科去，她也许叫儿媳顺便查一查身子。

信吾曾见过保子对菊子谈过孩子的事，菊子痛苦地听着。

菊子无疑将自己的身体状况对修一说了。一个能够听妻子诉说的男人，对于女人来说绝对重要。假若女人有了另外相好的男人，她就会犹豫不决，不知该不该对丈夫说明。信吾记得过去听朋友讲起过这类事，当时他很感动。

亲生女儿也不会对父亲坦露一切。

信吾和菊子过去一直相互避免提及修一情妇的事。

菊子若是怀孕，是因为受到修一情妇的刺激，或许说明菊子已经成熟了。虽说这种事很不光彩，但信吾认为这是人的一种欲望，所以问起菊子生孩子的事，总觉得有些残忍。

“雨宫家的老爷爷昨天来了，听妈说了没有？”菊子突然问道。

“不，没有。”

“听说东京那边可以接收他们了，特来打声招呼。叫我们照顾一下阿辉，这不，留下了两大袋子饼干呢。”

“喂狗的？”

“嗯。妈说一袋是人可以吃的。据说雨宫君生意做得很红火，扩建了宅子，老爷爷很高兴啊。”

“可不是吗，生意人很快卖了房子又建起新家，我呢，十年如一日，每天只是乘在这条横须贺线的电车上，也要腻烦了啊。近来，饭馆里有个聚会，都是老人，几十年都在干同样的事，一成不变，又腻味，又劳累。也许很快有人来迎接啦！”

菊子对“很快有人来迎接”这句话，一下子听不明白。

“到了阎王爷那里，我最终会对阎王爷说，我们这些零部件没犯罪。我们是人生的零部件呢。活着的时候，人生的零部件，都会受到人生的惩罚，太残酷啦！”

“不过……”

“是的，问题是到了什么样的时代，又是怎么样的人，才能活过整个人生呢？例如，那座小饭馆管鞋子的老爷子怎么样呢？他管理顾客的鞋子，天天如此。有的老人随便说：零部件到了这个份上，反而更自在了。但问问侍女，据她说，那位管鞋子的老人也很苦。四周都是鞋棚子，像个盛鞋的地洞，两腿跨着火钵，为顾客擦鞋子。大门口的地洞，冬天很冷，夏天很热。咱家的老太婆也喜欢谈养老院吧。”

“您是说妈吗？不过妈说的，和年轻人经常谈到想死，不是一样吗？而且都说得很轻松啊。”

“她是说她一定比我活得时间更长。不过，年轻人指的是谁呢？”

“您问是谁吗……”菊子一时说不下去了。

“朋友的信上也这么说。”

“今天早上的信吗？”

“是的，她没有结婚。”

“嗯？”

看到公公沉默不语，菊子也不再开口了。

电车正要从户冢车站开出。这里距保土谷站有很长一段距离。

“菊子。”信吾喊了一声，“我从很早以前就想过，你们不打算分家过日子吗?”

菊子看看公公的脸，等待他说下去。随后，她哀求般地说道：

“这是为什么呢？爸爸。是因为姐姐回来住了吗?”

“不是的，和房子她们没关系。房子只是回来住住，还未办离婚手续，回家这段时间让你多费心了，但即使同相原分手，她也不会长期住在咱家里。房子又当别论，这只是你们小两口的事。你不喜欢另立门户吗?”

“不喜欢。我呀，爸爸疼我，我只希望同爸妈住在一起。离开爸爸身边，那将是多么难过啊!”

“你说得很暖心。”

“哎呀，我是向爸爸撒娇呢。我生下来就是父母最小的女儿，在娘家时，或许父亲更疼爱我，所以总喜欢同您在一起。”

“你父亲疼爱你，这我清楚。其实，我也希望菊子你能待在我身边，那对我来说也是最大的安慰。分开住会很寂寞的，不过，修一干出那些事来，我过去一直没有同你商量过，我这个做公爹的很不配跟你住在一起。所以，我认为，还是你们小两口单独住出去，才是解决问题的好办法。”

“不不，尽管爸您什么也不说，但我心里明白，您对我知冷知热，疼爱我，我就是靠着这份温情过日子的。”

菊子硕大的眼睛里噙满泪水。

“我很害怕分开来住。我做不到一个人一直等在家里，那太无聊太悲惨了，我害怕。”

“这件事，你一个人不妨等等看。不过，这种事情不便在电车上讨论，你再好好想想看。”

菊子或许真的害怕了，她的肩膀在颤抖。

在东京站下车，信吾叫了出租车，送菊子去本乡。

因为过去受到亲爹的疼爱，抑或当下感情处于错乱之中，菊子并不觉得这件事有何不自然。

修一的情妇果真走过来了？信吾感到一种危险，他叫出租车停一停，一直目送着菊子进入大学医院。

春钟

一

百花盛开的镰仓，举办佛都七百年庆典。寺钟从早响到晚。

这钟声信吾有时听不见，而菊子不管是做活计还是说话，都能听得见。信吾不仔细倾听是听不到的。

“听。”菊子提醒他。

“钟声又响了，听!”

“哦?”

信吾歪着脑袋。

“老太婆怎么样?”信吾问保子。

“听见啦。您连敲钟都听不见吗?”保子不再理会他。

膝盖上堆积着五天来的报纸，保子慢悠悠地翻阅着。

“响了，响了。”信吾说。

画 | 浅野竹二

耳朵一旦听到，再听就比较容易了。

“听到了？看您高兴的！”保子摘掉老花镜，望望信吾。

“一天到晚地撞钟，寺院的和尚师父真是够累的。”

“他们叫上香的人撞钟，撞一次十元钱，和尚师父不撞钟。”菊子说。

“这倒是个好主意。”

“说是用于祭奠的钟来着……听说有个计划，叫十万人甚至百万人都来撞钟。”

“计划？”

信吾觉得这个词儿很好笑。

“不过，寺院的钟声很阴郁，我不爱听。”

“可也是，阴郁吗？”

信吾忖度着，拣个四月的星期天，围在餐厅里一边观樱花，一边听撞钟，那是多么悠闲自在啊！

“七百年，是什么七百年呢？是庆祝大佛像七百年，还是日莲上人[①]七百年？”保子问道。

信吾没有回答。

“菊子不知道吗？”

“不知道。”

---

① 日莲（1222—1282），镰仓时代僧人，日莲宗开祖，安房（千叶县南部）人。十二岁入清澄寺学习天台宗，建长五年（1253），唱诵《南无妙法莲华经》，终生信仰和宣扬《法华经》。

“好生奇怪哩，我们就是这样稀里糊涂地住在镰仓。”

“妈妈膝头上的报纸没有刊登什么消息吗？”

“也许会有吧？”保子把报纸递给菊子，报纸折得仔细，摞得整整齐齐，自己手头只留下一张。

“是的，我好像也在报上读到过。不过，看到了老年夫妇离家出走，联想到自身，同病相怜，所以只记住那个了。您也看到了吧？”

“嗯。”

“被称为游艇界恩人的日本划船协会副会长……”保子开始读报上的报道，然后用自己的话叙述道：

“他也是游艇制造公司的总经理，六十九了，夫人六十八岁。”

“怎么就联想到自身了呢？”

“他给养子夫妇和孙子都写好了遗书。”

保子接着读报。

一想到只是为了活着而被社会遗忘的那种悲惨的境况，就再也不想熬到那个时候了。我很了解高木子爵的心情。我觉得作为凡人，最好消失于大家的情爱之中，为家人深深的爱所包围，在众多朋友、同辈及晚辈的友情拥抱之中离去。

“这是给养子夫妇留下的，下边是留给孙儿的。”

日本独立的日子临近了，但前途黯淡。害怕战祸的青年学子，若是渴望和平，必须彻底实行甘地[①]的无抵抗主义。你们要沿着自己所信赖的正确的道路前进。我们已经老朽，不能指导你们，深感力不从心了。但一味等待“可厌的高龄”到来，硬要活到那个时候，也只能是浪费生命。只要为孙子们留下好爷爷好奶奶的印象就行了。不知道要走向哪里，只想静静安眠罢了。

保子读到这里，沉默片刻。

信吾转向一边，望着院子里的樱花。

保子一边读报，一边述说着：

“自打离开东京自家，去探望住在大阪的姐姐，以后就不知道到哪儿去了……那位大阪的姐姐已经八十岁了。”

“妻子没有留下遗书吗?”

“哎?”

保子不由一愣，抬起头来。

“怎么没有妻子的遗书呢?”

---

① 甘地（Gandhi，1869—1948），印度宗教、政治领袖，运用非暴力不合作理论而从英国统治下赢得印度的独立。

“你说的妻子，是那个老太太吗?”

“没错，两人去情死，妻子也应该有遗书才好。例如，我和你去情死，你肯定也有什么事情想要写成遗书留下来啊。”

“我才不要呢。”保子淡然地回答，“男女留遗书，那是年轻人情死。那也是因为不能在一起而感到悲观……要是夫妇，大都是丈夫写遗书就行了，我这号人还会有什么遗言值得留下的呢?”

“那倒也是。”

“我单独死时，那又是另一回事。”

“一个人单独死时，怨恨之事当如山积。”

“到了这个年龄，有也等于没有。”

“这老太婆既不想死，也不会死，所以她说得很轻松。”信吾笑着问道，“菊子呢?”

“是问我吗?”菊子犹豫着，语调缓慢而低微。

“假如你和修一决定情死，菊子你不想留遗书吗?”

信吾随便说出这番话，自己也觉得太孟浪了。

“不知道。到时候再说，怎么样?”菊子将右手大拇指插入腰带，一边松松腰带，一边望着公公。

“我觉得还是该给爸爸留下些话来。”

菊子的眼眸闪耀着天真的温润之情，泪眼盈盈。

信吾觉得，保子没有想到死；但菊子并非没有想到死。

菊子前倾着身子，似乎要哭倒在地，她又直起腰来离开了。

保子目送着她。

“好奇怪，干吗要哭呢？真是歇斯底里，那样子就是歇斯底里啊！”

信吾解开衬衫的扣子，将手伸进胸前。

“感到有些心慌吗？”保子问。

“不，乳部有点痒，乳头发硬，瘙痒。”

“倒像是个十四五岁的女孩子。”

信吾用指头挠着左乳。

夫妻自杀，丈夫写遗书，妻子不写。妻子是想让丈夫代写还是一份两用兼而有之呢？信吾听到保子读报，他对这一点抱有疑问，也颇感兴趣。

是出于长年相守而变得一心同体，还是因为老妻失去个性和遗言的缘故呢？

妻子原本就没有理由死，却为何要为丈夫自杀而殉情，并且让丈夫的遗书也要包括自己的意愿呢？难道就没有丝毫的遗憾、悔恨和迷茫吗？真是不可思议。

然而眼下，信吾的老妻也说，如果要情死，她自己不留遗书，只要丈夫写了就行了。

什么也不说，跟着男人一道死的女人——或者男女颠倒过来，也不是绝对没有。但多数是女人跟随男人——这样的女人老衰了，而且就在身边。信吾不由一惊。

菊子和修一夫妇不仅岁月尚浅，而且也在经受磨炼。

在这种情况下，询问菊子他们夫妇要是情死，菊子要不要写遗书之类，实在有些残酷，也会带给她伤害。

信吾明知道，菊子面临危险的深渊。

“菊子是在对爸爸撒娇来着，那样的事儿也向您淌眼泪。”保子说，“您只顾一门心思疼儿媳妇，又不肯为她解决难题。对房子也是这样。”

信吾望着满院盛开的樱花。

那棵高大的樱树下边开满了八角金盘。

信吾不喜欢八角金盘，原打算樱花开放前，把八角金盘全都砍除干净。谁知，多雪的三月又看它着花了。

三年前，曾经一度砍除过，反而蔓延起来。当时想干脆连根拔掉，现在看来要是那样就好了。

信吾经保子一阵子数落，对郁青一片的八角金盘更加厌恶起来了。本来，那棵巨大的樱树，独木而立，绿枝低垂，花繁叶茂，广盖周围；然而，如今有了八角金盘，老樱树依旧遮蔽四方。

更何况，花开满树，讨人欢心。

樱树承受着过午的阳光，硕大的花朵悬浮于天空。虽说花色花型不很显著，但给人的感觉却充满空间。眼下花开正盛，不像就要凋谢的样子。

但是，一瓣两瓣，不住飘零下来，树下堆满落花。

“报上登着年轻人杀人、死亡的消息时，只觉得这种事太多了，又来了。没想到老年人的报道一出，冲击还挺大的。”保子说。

“很想消失在众人的情爱之中。”老人夫妇的报道她似乎反复读了两三遍。

“前些日子报上刊登过着这样一篇报道：说有个六十一岁的爷爷，想把一个患小儿麻痹的十七岁男孩送进圣路加病院。老爷爷离开枥木县驮着孩子到东京看风景，但孩子死活不肯去病院。老爷爷便用手巾把孩子勒死了。”

“是吗，我没看到。”信吾淡然地应和着，心里只顾想着青森县少女们堕胎的报道，回忆着梦中见到的一切。

他和老太婆妻子是多么不同啊！

二

“菊妹！”房子喊道。

“这架缝纫机老是断线，是怎么回事，你来看看好吗？是胜家牌[1]，好机子。或许我不会用？或许我太歇斯底

① 胜家，SINGER，1851年创立于美国。世界上第一台电动缝纫机的制造者。“胜家”缝纫机是全世界比较受欢迎的家用产品之一。

里啦?”

“也许出毛病了，还是我上女校时买的，很旧了。”

菊子走进那间屋子。

“不过，在我这儿还是挺好用的，姐姐，我来帮您缝吧。”

“是吗？里子在身边老是缠着我，心情挺急躁的。生怕穿了这孩子的手。虽说不会把手也缝在一起，可这孩子的手伸在这儿，眼盯着针脚，渐渐模糊起来，布料和孩子的小手朦胧一片了。”

“姐姐，您太累啦。”

“还是情绪不稳定。要说累，当数菊子你更累。家里不累的人，只有外公和姥姥。外公年过花甲，说什么乳头发痒，真是愚弄人啊。”

菊子到大学医院探望朋友，回来的路上为房子的两个女儿买了布料。

因为在缝制那布料，房子对菊子也很好。

可是，菊子一旦坐在缝纫机旁替房子缝衣服，里子就变得不高兴了。

“妗子给你买布做新衣呢，不是吗?”

房子一反往常，甚感对不起菊子。

“实在难为情，这孩子这个样子，同相原一模一样。”

菊子把手搭在里子的肩膀上，说道：

“跟外公一道去看大佛像，好吗？又有稚儿[1]，又能看跳舞。”

经女儿房子一番劝说，信吾也上路了。

走在长谷大道上，香烟店门前盆栽里的山茶花灼灼耀眼。信吾买了“光”牌香烟，夸奖盆栽养得好。五六朵重瓣杂色花绽放着。

烟店老板说，重瓣杂色花不好看，论盆栽，只限于山野山茶花。他陪信吾来到后院，四五坪[2]的菜地里，蔬菜前边直接摆放着盆栽。山野山茶花是根干积蓄着生命力的老树。

“不能让花抢走树干的养分，因此全都扒拉下来了。”店老板说。

“这样还能开花吗？”信吾问。

“会开很多花，好在还留下少量的几朵来。店内的山茶也开满二三十朵呢。”

烟店老板谈论起养育盆栽的经验。他还提到镰仓人爱好盆栽的一些传闻。经他这么一说，信吾联想到，商业街的橱窗里也经常摆着盆栽。

“谢谢您啦。很期待开花啊！”信吾正要跨出商店大门，

---

① 祭祀队列中盛装的小男童。

② 坪，日本土地面积单位，1 坪约合 3.3 平方米。

店老板又说起来：

“虽说没啥好东西，但后院的山野山茶有几棵还可以……盆栽只要身边有那么一棵，为了使之保持姿态良好，不变不枯，就会产生一种责任心，是治疗懒汉的好办法。”

信吾一边走路，一边点燃一支刚买的“光”牌香烟。

“烟盒上画着大佛像，专为镰仓人制造的。”他把香烟盒递给房子。

“给我看看。”里子探着身子。

“去年秋天，房子离家出走，去过信州吧？”

“我没有离家出走。”房子顶了老爸一句。

“当时你在乡下老家没见到过盆栽吗？”

“没见到过。”

“可不是嘛，那是四十年前的老话了。你乡下的外公爱好摆弄盆栽。就是你妈的父亲啊，但是你妈对此道一窍不通，她又笨，心也粗，不如姨妈那样讨得外公的喜欢。因此，姨妈被分派侍弄盆栽。她又是美人，同你妈简直不像同胞姐妹。一天早晨，盆栽架上堆满雪，额前梳着刘海的姨妈，身穿大红元禄袖①和服，扫除盆栽里面的积雪。她的身姿至今依然浮现在眼前。既明晰，又美丽。信州天冷，呼出的气是白的。”

---

① 短襟圆袖和服，便于行动的寻常服装。

那白色的呼气是少女的温柔与芬芳。

毕竟时代不同了，房子与此无关，倒也是好事。信吾蓦地陷入回忆之中。

“不过刚刚看到的山野山茶花，似乎不止三四十年的用心养护啊。”

树龄也相当老了。盆栽中的主干长出树瘤来，真不知有多少年了呢。

保子的姐姐去世后，供奉在佛坛上的红叶盆栽，是否经人照料，还没有枯萎呢？

三

爷儿三个一进入境内，稚儿就在大佛像前的石板路上练习走步了。看样子是从很远的地方走来的，有的孩子脸色显得很疲倦。

人墙后面，房子抱起里子。里子盯着身穿花枝招展的振袖和服的稚儿仔细瞧。

听说建立了与谢野晶子的歌碑，走进里院探看，似乎晶子的亲笔题字放大了，镌刻在石头上了。

“还是那首‘释迦牟尼……’”信吾说。

但是，房子不知道这首脍炙人口的短歌，信吾有点失望。晶子的短歌唱道：

镰仓虽有大佛像，释迦牟尼是美男。

“大佛不是释迦牟尼，实际上是阿弥陀佛。弄错了，后来特作短歌加以纠正。然而在已经流行的短歌里，释迦牟尼已成定论，现在再改称阿弥陀佛，或大佛，音韵失调，‘佛’字重叠。因此，一旦刻在歌碑上，依然是将错就错啊!”

歌碑一旁张起了布幕，里面有薄茶招待。临来时，菊子交给房子一张茶票。

信吾望着露天下的茶色，心想，里子也要喝的吧。不料里子一手抓住了茶碗边缘。这是一支点茶用的极为普通的茶碗，信吾帮她端起来。

“很苦呀!”

“苦吗?”

里子还没有喝，就露出一脸苦相。

少女的舞蹈队列进入布幕之中后，一半人坐在门口的马扎上。剩下的女孩子同先来的人挤在一起，几乎人人相叠了。个个浓妆艳抹，身穿振袖和服，花枝招展。

少女队群的后边，站立着两三棵小樱树，繁花似锦。但花色远逊于艳丽的振袖和服，看起来十分淡薄。对面山丘上高高的小树林，映着阳光，一派翠绿。

“水，妈妈，我要喝水。”里子斜眼瞅着跳舞的少女，嘴里不住叨咕。

“没有水呀，回家再喝吧。”房子哄着女儿。

信吾也突然想喝水了。

三月里的一天，信吾乘坐横须贺线路电车，到达品川车站，从车厢里看见站台上一个和里子一样大的女孩子，打开水龙头喝自来水。一开始，女孩儿拧开龙头，水流向上蹿出来，使她吓了一跳，大笑起来。母亲给女儿调节好龙头，女孩儿似乎喝得很香甜。信吾从女孩子那里感受到今年春天已经来临了。他回忆着那件事。

眼看着那群跳舞的少女，自己和外孙女都想喝水，这其中是否有着某些原因呢？信吾思忖着。

此时，里子又在怄着妈妈：

“衣服，给我买衣服，我要衣服。”

房子站起身来。

少女舞蹈队群正中央，似乎有个比里子大一两岁的女孩子，眉毛描得较低，又粗又短，十分可爱。圆睁着一双铜铃似的大眼睛，眼角渗着胭脂红。

里子被妈妈领着，盯着那女孩儿看也看不够。走出布幕时，她想到那女孩儿身边去。

“我要买衣服，买衣服。”她继续粘缠妈妈。

“买衣服吗？外公说了，等里子过七五三节[1]时会给买的。”房子似有所指地说，“这孩子打一生下来，就没穿过和服。只有尿布，那也是旧衣服改做的，是和服的碎片。”

信吾坐在茶店歇息，要来水喝。里子咕嘟咕嘟连喝了两杯。

离开大佛境内，走了一会儿，看到一个身穿跳舞和服的女孩子，被母亲牵着手，似乎急匆匆赶回家去。那女孩儿从里子身边穿过，信吾心想，遭了，他一把抱住里子的肩膀，已经晚了。

“我要衣服。”里子很想拽住那女孩的衣袖。

“不行呀！”女孩儿趁势逃开，不巧踩住了长袖子，向前绊倒了。

“哎呀！”信吾大叫，捂住面孔。

被车轧了？信吾只听见自己的喊声，但似乎是好多人一起喊叫。

车子骤然刹住。被吓呆了的人群里跑出三四个人来。

女孩子急忙爬起来，抱住母亲的衣裾，火烈地大哭起来。

“好啦，好啦。刹车很灵啊，是高级车。”有人说。

---

① 每年 11 月 15 日，三岁和五岁的男孩，以及三岁和七岁的女孩，身着漂亮的服装参拜神社，祝贺成长。

“那要是碰上破车，小命早没啦。”

里子仿佛抽搐了，直翻弄着白眼，脸色很可怕。

房子不停地向女孩儿的母亲赔不是，问有没有伤着哪里，振袖和服有没有撕坏。那位母亲一脸茫然。

和服女孩儿停止哭泣，浓厚的白粉凝聚在一起，双眼水洗一般闪耀着光辉。

信吾默默走回家去。

听到婴儿的哭声，菊子一边唱着摇篮曲，一边出迎。

“对不起，惹她哭啦，我不会哄孩子呢。”菊子对房子说。

或者是受妹妹哭声的引诱，或者因为家中气氛轻松，里子也跟着哇哇哭起来了。

房子不再理睬里子，她从菊子手中接过婴儿，敞开了前胸。

“啊呀，两个乳房全都是冷汗啊！”

信吾微微抬起头望着良宽[1]题写的《天上大风》的匾额，走了过去。这还是良宽的字较便宜的时期购买的，却是赝品。经别人提醒，信吾也明白过来了。

“我们还看了晶子的歌碑。”他对菊子说，“晶子的字写

---

① 良宽（1758—1831），江户后期僧侣、歌人。越后（今新潟县）人，号大愚。

的是‘释迦牟尼……’啊。”

“是吗？”

四

晚饭后，信吾独自出门，朝着服装店和估衣铺走去。

但是，找不到一件适合里子穿的和服。

越找不到，越是嘀咕。

信吾暗自惊恐起来。

女孩家尽管幼小，看到别的女孩儿穿着鲜艳的衣服，就强烈希望自己也能拥有吗？

信吾琢磨着，里子的艳羡和欲望，是比一般孩子稍强些，还是异常高涨呢？这或许是疯狂性的发作吧。

那个穿着舞蹈服装的女孩儿若是被轧死了，如今会怎么样呢？孩子美丽的振袖和服的花纹，再度鲜明地浮上信吾的脑际。如此好看的衣服，店里遍找不着。

然而，买不到回家，信吾未曾踏上归途就犯起愁来。

保子真的只用旧浴衣为里子改做尿布吗？照房子的说法，不是太可怜了吗？该不是说谎吧？孩子刚生下来以及参拜神社时就没有置过一件和服吗？说不定是房子希望为孩子购买西服呢。

“忘了。”信吾自言自语。

保子有没有同他商量过这件事呢？他一定是遗忘了。但是，如果夫妻两个多关心一下房子，这个貌丑的女儿，或许也能生下个可爱的外孙来呢。信吾怀着无可推卸的自责之念，脚步也沉重起来了。

"若知生前身，若知生前身，亦无可怜亲；既无可怜亲，亦无牵挂人……"

某支谣曲[①]中的这句台词又在信吾心中浮现，但也只是浮现而已，不会像身着法衣的僧人那样开悟。

"呜呼，前佛已逝去，后佛未出世，既生于梦中，该以何为实？一度偶相与，苟且变人身……"

里子那种抓住跳舞女孩时的莽撞与凶狠的性格，是继承房子的血统，还是继承了相原血统的缘故呢？其母房子的性格，是继承了父亲信吾的血统，还是继承了母亲保子的血统呢？

倘若信吾同保子的姐姐结婚，就不会生下房子这样的女儿，也不会有里子这样的外孙，不是吗？

出乎所料，信吾内心依旧深深记挂着昔日的情人。

信吾自己六十三岁了，可那位二十几岁就香消玉殒的女子，信吾还是觉得她比自己大。

信吾回到家里，房子抱着婴儿，钻进被窝。

---

① 古典能乐剧的词章。

卧室同餐厅之间的隔扇敞开着，所以看得很清楚。

“睡下啦。”

信吾朝那里瞅了一眼，保子对他说。

“她老是觉得心慌，想安静一下，吃了安眠药，睡觉了。”

信吾点点头，吩咐道：“把那里关上好吗？”

“知道了。”菊子走了过去。

里子紧紧贴着妈妈的后背，似乎没有睡着。这孩子就这样，默默地不说一句话。

信吾没有说是给里子买和服去了。

看来房子也没有告诉母亲，因为里子想要和服，经受了一次危险的事。

信吾走向起居室，菊子端来炭火。

“啊，坐下吧。”

“哎，这就来。”菊子出去了，她把水壶放在盆里端过来了。水壶本不需要放在盆里，但旁边还放着花。

信吾拿起花来问：

“这是什么花？好像是桔梗花。”

“据说是黑百合……”

“黑百合？”

“是的，一位爱茶道的朋友刚刚送给我的。”菊子说着，打开信吾背后的壁橱，拿出一个小花瓶来。

“这就是黑百合?”信吾感到很好奇。

“这位朋友说，今年利休[①]忌日，博物馆六窗庵，在远州流本家茶席上，供奉着黑百合和盛开的白花荚蒾[②]，听说挺好看的呀，适合插在古铜细口花瓶里……”

“嗯?”

信吾瞧着黑百合。两枝，每一枝上开两朵花。

“今年春天，好像下了十一次到十三次雪吧。”

“经常下雪。”

“初春利休忌那天好像也下了雪，积了三四寸厚。黑百合因而更加珍贵啦，人说是高山植物呢。”

“颜色有点像黑山茶。”

“可不是嘛。”

菊子向花瓶里加水。

“听说今年利休忌纪念，利休辞世时的书法，还有利休切腹用的短刀都摆出来了。”

“是吗? 那位朋友是茶道师傅吗?”

“是的，战争遗孀……以前经常做茶道，很起作用呢。”

“什么流派?”

---

① 千利休（1522—1591），安土·桃山时代茶人，名与四郎，号宗易。千家流鼻祖。人称“茶圣”。

② 学名：Viburnum furcatum。生长于北半球温带的一种植物。中文通称假绣球。

"官休庵，就是武者小路[1]呀。"

不懂茶道的信吾还是不明白。

菊子等待着将黑百合插入花瓶，但信吾一直不肯放手。

"开花时稍微低垂着枝头，是不是将要萎谢了？"

"啊。因为先放入水了。"

"桔梗开花也垂着枝头吧？"

"啊？"

"看样子比桔梗要小些，对吧？"

"是小一些呢。"

"乍看是黑色，其实并不黑；又像是浓紫，但又不是紫色。又像掺进了浓浓的胭脂红。等明天吧，明天白天再仔细瞧瞧。"

"在太阳底下就会透露出紫红色。"

至于花的大小，盛开时不足一寸，七八分光景。花开六瓣，雌蕊尖端分三股，雄蕊四五根。花叶在茎上各各相隔一寸，向四方伸展。百合是小型叶子，长约一寸到一寸五。

信吾终于嗅起了花的气味，顺口说道：

"有种可厌女人身上腥臭的气息。"

---

① 武者小路千家，千家流之一。祖上为千宗旦次子一翁宗守，于京都武者小路千家邸内开设官休庵，始称于世。

虽不是意味着浮艳之气，但菊子的眼睑泛红了，她低下头。

“香味不佳。”信吾加以订正，“你闻闻看。”

“我不想像爸爸那样仔细研究。”

菊子正要将花插入花瓶。

“在茶会上，四朵花显得过多，不过就这样吧？”

“好，就这样。”

菊子将黑百合放在地板上。

“壁橱里原来放花瓶的地方，放了能面，帮我拿出来吧。”

“好的。”

刚刚想到谣曲里的一节，也就想到了能面。

他手里捧着慈童面具说：

“这是妖精，据说永远都是少年，我买的时候说过吧？”

“没听说。”

“公司里有个姓谷崎的女孩子，我买能面时，叫她戴在头上试过，很可爱，我很惊奇。”

菊子随即将慈童能面挂在脸上。

“这绳子要系在脑后吗？”

能面内菊子的眼睛，无疑凝视着信吾的脸孔。

“非得动一动，才会有表情。”

买回来的当天，信吾差点儿要吻一吻那可爱的红唇，天赐的邪恋不时撞击他的心头。

“埋木于土中，心花自开放……”

这句话似乎也来自谣曲。

菊子戴着美艳少年的面具，做着各种各样的动作，信吾没有再看下去。

菊子脸小，下巴颏儿几乎全部遮盖在能面里，泪水顺着那似见而非见的喉头流淌下来。眼泪变成两股，三股，潸潸奔流。

“菊子!”信吾呼喊着，“菊子今天去看朋友，是否打算一旦同修一离婚，就去做一名茶道师傅呢?”

慈童的菊子点点头。

“即便离婚，我也会待在爸爸身边，伺候您喝茶。”她在面具后边清晰地表白着。

传来一声里子的哭喊。

庭院里的阿辉一阵狂吠。

信吾有种不吉利的感觉，修一星期天也去了情妇家，菊子倾听门外，看他是否回来了。

鸟家

一

附近寺院的钟声，冬夏六时鸣响。信吾不论冬夏，一旦听到晨钟的响声，即刻起来。

说是早起，不一定离开被窝，而是及时睁开眼睛。

虽说同是六点，但冬夏自然很不一样。寺院一年到头都是六时敲钟，信吾也一直以为是同一个六时，但夏季时太阳已经老高了。

尽管枕畔放着一只大怀表，但必须开灯，戴上老花镜才能看清楚。没有眼镜，就连长针和短针也很难分清。

再说，信吾没有必要一定按钟点起床。早醒反而不好。冬季六时有点太早，信吾醒来后不愿一直赖在被窝里，他去取报纸。

没有女佣之后，菊子早起操持家务。

"爸爸，起得好早啊。"经这么一说，信吾反而觉得难为情，随口说道：

"嗯，回去再睡一会儿。"

"您睡吧，水还没烧开呢。"

菊子起来了，信吾感到家中有了生气，放下心来。

冬令的早晨，黑暗中睁着眼睛，信吾随即感到寂寞难耐，这感觉打何时开始的呢？

春天一旦来临，信吾的早醒也渐渐温暖了。

今早已是五月过半，信吾接着晨钟的鸣响，听到鹞鹰的叫声。

"哦，还是有啊！"他嘀咕一声，在枕头上侧耳倾听。

鹞鹰在屋顶上盘旋一大圈，似乎向大海方向飞走了。

信吾起床了。

他一边刷牙，一边向天上寻找，没有发现鹞鹰的姿影。

然而，那幼稚甘美的鸣声，仿佛使得信吾家的屋脊上空更加温馨明净了。

"菊子，家里的鹞鹰叫唤了。"信吾向厨房呼喊。

菊子正把热气腾腾的米饭盛到饭柜里。

"我没留意，听漏啦。"

"它还在咱家里呢。"

"啊！"

"去年经常听它鸣叫。是哪个月啊，也许就是这个时候，脑子不记得了。”

信吾站起身看着，菊子解去头上的发带。

看来，菊子有时也是用发带束起头发就寝的。

菊子敞开着饭柜盖子，为公公准备茶水。

“有了鹞鹰，咱家的画眉鸟也应该有了。”

“也会有乌鸦啊。”

“乌鸦?”

信吾笑了。

鹞鹰既然是“家中的鹞鹰”，那么乌鸦也应该是“家里的乌鸦”。

“原以为这座宅子光是有人居住，没想到还有各种鸟儿呢。”信吾说。

“眼看就会有跳蚤、蚊子啦。”

“别说扫兴话，跳蚤、蚊子不是我们家的。不在咱家过年。”

“冬天也有跳蚤，说不定会过年的。”

“不知道跳蚤可以活多久，但不大会是去年的跳蚤。”

菊子看着信吾，笑了。

“那条蛇也到该出来的时候啦。”

“是那条把你吓坏了的大锦蛇吗?”

“是的。”

“据说它是一家之主。”

去年夏天，菊子购物回家，在后门口看见那条大锦蛇，立即吓哆嗦了。

菊子大声呼叫，阿辉跑来，发疯地狂吠起来。阿辉低头正要咬住它，又猛地向后跳出四五尺远，接着又要去咬住。如此反复多次。

蛇稍稍抬起头来，吐着鲜红的信子，连阿辉这里都不瞧一眼，迅速动作起来，顺着后门门槛爬走了。

听菊子说，那条蛇足有后门门板的二倍长，也就是相当于一间屋子的宽度。比菊子的手腕还要粗。

菊子声音很大，保子沉静地应道：

“是我们的一家之主啊，菊子过门来之前好几年，它就住下了。”

“一旦被阿辉咬住，又会怎样呢？”

“阿辉对付不了的，若是被蛇缠绕，那就糟了……阿辉知道这一手，所以只是狂吠罢了。”

菊子受到一次惊吓，不肯走后门了，只从正门出入。

那条蛇会藏在地板底下或天花板上头吗？她有点儿害怕起来。

不过，大锦蛇似乎住在后边山里，很少显露真相。

后山不是信吾的私有地，那里不知属于谁家。

因为逼近信吾的家宅，山崖斜立，对于山间动物来说，同信吾家的院子之间没有任何界限。

后山的叶和花也纷纷飘落在院子里。

“鹞鹰回家了。”信吾嘀咕着，声音高涨起来，“菊子，鹞鹰好像回家了！”

“可不是嘛，这次我听到啦。”

菊子抬头望着天花板上面。

鹞鹰的鸣叫持续了好一阵子。

“刚才飞向大海了吗？”

“听叫声似乎向那边飞走了。”

“飞到海里找食吃，再飞回来吧。”

经菊子这么一说，信吾也觉得有道理。

“在看得见的地方，放些鱼饵怎么样呢？”

“阿辉会吃掉的。”

“放得高一些。”

去年和前年也这样做过。信吾醒着的时候，听着鹞鹰的鸣叫，感受着一股亲爱之情。

不光是信吾本人，“咱家的鹞鹰”这个词儿，也通用于全家。

然而，信吾其实不知道那鹰是一只还是两只。他记得多年前，曾经看到过两只鹰在自家屋顶上联翩飞翔。

还有，多年来一直听到的鸣叫都是同一只鹰吗？没有换代吗？或许老鹰不知何时已经死去，那是小鹰的鸣叫吧。信吾今早初次想到了这一点。

若老鹰去年离世，今年新生的幼鹰在鸣叫，信吾他们不知道，一直认为都是家中同一只鹰，在梦幻中听到鹰鸣，倒也别有意味。

镰仓多小丘，但鹞鹰专门选择信吾家的后山居住下来，想起来很叫人不解。

“难遇今宵，巧遇今宵，难闻君叫，正闻君叫。鸣声悦耳，入我心窍。”今日听鹰鸣，或许也是如此吧。

然而，同鹞鹰共居一处，鹞鹰也只是让人听其美妙的鸣声罢了。

二

家里因为信吾和菊子起得早，早晨总会交谈些什么，而信吾和修一爷儿俩，或许只是有时在早晚上班的电车里聊上几句吧？

渡过六乡铁桥，看到池上的森林，也就快要到站了。乘在早晨的电车上观看池上森林，已经成了信吾的癖好。

然而，好多年来来往往，直到最近才发现森林里的两棵松树。

只有这两棵松树高高挺立于森林上空。这两棵松树上身相互倾斜，似乎就要抱合在一起。树梢已经很靠近了。

这座森林，只有这两棵松树挺然而立，即使不注意也该能看到，但信吾一直没有发现。不过，一旦发现，这两棵松树便必然最先闯入眼帘。

今早，风狂雨猛之中，两棵松树依稀可辨。

“修一！”信吾喊道，“菊子哪点儿不好？”

“没什么呀。”

修一正在阅读周刊杂志。

修一在镰仓车站买了两种杂志，一本交给了父亲。信吾拿在手里没有看。

“她哪点不好？”信吾温和地重复了一遍。

“她老是说头痛。”

“可不？听你妈说，昨天她去东京，傍晚回家后就睡了，看样子不寻常。她似乎在外头有些事，你妈也觉察出来了。她晚饭也没吃。你昨夜九点回来走进房间时，没发现她在小声哭泣吗？”

“过两三天会好的，没什么可担心的。”

“要知道，头痛不会那样哭泣的。今天早晨，她不是也还在哭吗？”

“啊。”

“房子给她送吃的，一进屋她就极端厌恶，捂着脸……房子对她絮絮叨叨说了些话。我想问你，究竟是怎么回事啊？”

“听起来好像全家人都在琢磨菊子的动静。”修一翻着白眼珠，“菊子她偶尔也会有个头疼脑热的。”

信吾怫然不悦。

“所以才问你是什么病嘛。”

“是流产。”

修一干脆吐露出来。

信吾暗自惊讶，看了看前面的座席。那两个都是美国兵，一开始就认为他们不懂日语，爷儿俩毫无顾忌地说着话。

信吾稍稍沙哑着嗓子问道：

“请医生看过了？”

“看过了。”

“是昨天吗？”信吾又虚空地低声问。

修一也停止了阅读。

“是的。”

“她当天就回来了吧？”

“嗯。”

“是你叫她这么做的？”

“她不听我的话，自己坚持要这样。”

“菊子自己要这样？胡说！”

“这是真的。”

“那又是为什么呢？你干吗要叫菊子有这个想法呢？”

修一沉默不语。

“这都怪你不好，对吗?”

“或许是这样。但如今她坚决不想要，脾气大得很哩。”

“你要是阻止，还是能够阻止的。”

“眼下不行。”

“那么，‘眼下’指的是什么?”

“爸爸您也很清楚。凭我现在这个样子，是不能生孩子的。”

“就是说，这段时间里你有女人，是吗?”

“嗯，是这样。”

“‘是这样’，是怎么样啊?”

信吾火冒三丈，喘不出气来。

“这是菊子的半自杀状态！你没感觉到吗？比起对你的抗议，她选择了半自杀。”

修一看到信吾一脸怒气，有点儿退让了。

“你绞杀了菊子的灵魂，无可挽救了。”

“菊子的灵魂，就是那些，脾气倔强。”

“她不是女人吗？不是你的妻子吗？就看你怎么对待她了。你若疼她，爱她，菊子肯定会高高兴兴生孩子的。至于你有相好的，那又当别论。”

“不过，那不是没有关系。”

“你妈等着抱孙子，菊子心里也应该很清楚。她觉得自己迟迟没生孩子，做个女人很没面子，不是吗？她很想要个孩子，而你偏不让她生。你这样就等于扼杀了菊子的灵魂。”

“这有些不一样啊，菊子似乎有菊子的洁癖。”

“洁癖？”

“似乎怀孩子也使她烦恼不安……”

“嗯？”

这是夫妻之间的事。

修一是那么让菊子感到屈辱和厌恶吗？信吾有些怀疑。

“我不相信，菊子那样说那样做，并不是她的真心。做丈夫的，哪有把妻子的洁癖当回事的？这正说明你对她爱得不深。女人闹点别扭，作为男人根本不必放在心上。”说着说着，信吾有些泄气了。

“你妈要是知道白白丢掉个孙子，她也会有意见的。”

“不过，这么一来，妈妈知道菊子也能生孩子，她会更安心的。”

“瞧你说的，你就保证将来还能生？”

“可以保证。”

“这就更加证明你既不怕天，也不爱人。”

“您说得真难懂，其实不是很简单的事吗？”

“不简单！你好好想想吧，菊子她哭得那么伤心。”

“我也不是不想要孩子，如今两人的状态都不好，这种时候是不适宜生孩子的。”

画 | 恩地孝四郎

“你说‘状态’，我不知你指的是什么。但菊子的状态并不坏啊。要说状态不好，那也只是你一个人不好。从菊子的性格上看，她根本不会有状态不好的时候。对于菊子的妒忌，你没有给予释放，才失去了孩子，或许不仅是孩子。”

修一不解地望着信吾的脸孔。

“当你从情人那里醉醺醺地回来，将沾满泥水的双脚搭在菊子的膝盖上，让她给你脱鞋试试看。”信吾说。

三

那天，信吾因为公司有事，绕道银行，同那里的一位朋友一道吃午饭。聊天一直聊到两点半。他从饭馆给公司挂了电话，就直接回家了。

菊子抱着国子坐在走廊上。

菊子没想到公公会及早回来，慌忙想站起身来。

“不用，坐着吧。能起来吗？”信吾向走廊走去。

“可以，现在正打算给婴儿换尿布呢。”

“房子呢？”

“带着里子去邮局了。”

“到邮局办事，就把孩子交给你了？”

“等一下，妗子先给外公换衣服。”菊子对婴儿说。

“不用不用，还是先给婴儿换吧。”

菊子喜笑颜开地抬眼望望信吾，唇间闪露着细白的牙齿。

“外公说要给小国子先换呢。”

菊子轻松地穿着一件华美的绵绸衣裳，系着衣带子。

“爸爸，东京也不下了吧？”

“你问下雨吗？在东京站上车时还在下，走下电车，天气一片晴朗。没注意是经过哪里时天气放晴的。”

“镰仓刚刚也一直在下。天晴之后，姐姐才外出的。”

“山间还是湿漉漉的。”

菊子让婴儿睡在走廊上，抬起光脚丫儿，两手抓住脚趾头，腿脚比手更自由地晃动着。

“对呀对呀，看看那座山吧。”菊子揩拭着婴儿的大腿。

美国军用飞机低空飞来。孩子受轰鸣声惊动，抬头看山。虽然看不见飞机，但巨大的黑影，映着倾斜的山坡划过去了。婴儿也许看到了阴影。

望着婴儿受惊后眼睛里天真的光亮，信吾蓦地感动了。

“这孩子不懂得什么是空袭。现在出生的孩子，大多不懂得什么是战争。”

信吾凝视着国子的眼睛，目光已经平和多了。

“刚才国子的眼神，要是照下来就好了。山上飞机的影子也收进去。这样，接着，再拍的一张是……”

婴儿被飞机扫射，悲惨死去。

信吾正要说出口来，想到菊子昨日流产，立即中止了。

不过，这两张空想的照片，现实中有过此种遭遇的婴儿肯定不计其数。

菊子抱着国子，一只手将尿布团作一团，走向浴室。

信吾记挂着菊子早些回到家中，他先走进餐厅。

“回来得真早啊!”保子也进来了。

“哪去了?”

“洗头发呢。雨一停，顶着大太阳，头皮发痒啊。老年人的脑袋，动不动就发痒。”

“我的头倒不怎么痒。”

“也许您的脑子特别灵光。”保子笑了，“明知道您回来，但想着刚洗完就出来，怕您看了吓到，少不了挨骂呢。”

“老太婆的湿发啊，干脆剪掉，扎个竹刷子发髻不好吗?”

“那是的，其实竹刷子头，不限于老太太，江户时代男女都会扎。把头发剪得很短，在后面束起来，将头发尖儿扎成茶道用的竹刷子。歌舞伎中经常可以看到。”

“后头不用扎，散开来很好嘛。”

“那倒也可以。不过你我的头发太丰厚啦。”

信吾压低声音问道：

“菊子怎么起来了呢?”

“她是起来了……脸色不太好。”

“不要再叫她看孩子了。”

“是房子将孩子放在菊子的睡床上，出外时叫她照顾一会儿的。因为孩子睡得正香。”

“你可以接过来嘛。”

“国子开始哭闹时，我正在洗头呢。”

保子离开了，拿来信吾洗换的衣服。

“您回来得早，我还以为您也哪里不舒服呢。”

菊子好像正从浴室走回自己的卧室，信吾把她叫住：

“菊子，菊子!”

“来啦。”

“把国子领来吧。”

“好的，这就领过去。”

菊子牵着国子的手，让她走过来。她系好腰带过来了。

国子抓住外婆的肩膀。保子正在用刷子给信吾刷裤子，她直起腰来，用两个膝盖拢住婴儿。

菊子为公公拿来西服。

她将西服收置在隔壁屋子的西装衣橱后，又轻轻掩上房门。

关门时，她向门扉后的镜子里瞧了瞧自己的面颜，不由吃了一惊。她一时犯起犹豫，不知道要去餐厅还是回卧室。

“菊子，快去躺着吧。”信吾说。

“哎。”

信吾的话音使她一惊，菊子耸动一下肩膀。她没有向这边望一眼，径直回卧室了。

“菊子的样子有些怪呀。”保子蹙着眉头说。

信吾没有回应。

“也不知道她是哪里不舒服。起来走路，生怕她突然倒在地上。”

“可不是嘛。”

“总之，修一那件事早晚要解决。”

信吾点点头。

“您跟菊子好好谈谈怎么样？我领着国子去迎她妈，也照顾下晚饭的事。房子也是的。”

保子抱着婴儿走了。

“房子去邮局干什么呢？”信吾一说，保子回过头来：“我呀，也正这么想呢。或许给相原寄信去了。分开半年多了吧……回到这里来也快半年了。当时那是大年三十晚上。”

“要发信，这附近就有邮筒。”

“还是从邮局发又快又不耽误事啊。说不定突然想起相原，有些受不住了吧。”

信吾一脸苦笑，觉得老伴倒很乐观哩。

对于女人来说，若是一辈子都背着个家庭的包袱，那就扎下了乐观的根子。

信吾拿起保子看过的四五天以来的报纸，随便翻了翻。一条奇妙的新闻跳入眼帘。

两千年前莲子开花

去年春天，从千叶市检见川弥生时代[1]遗址的独木舟里，发现三粒莲子，推定为两千年前的果实。某莲子博士使之催芽，今年四月，将幼苗分别种植在千叶农事试验场、千叶公园池塘，以及千叶市旱田町的酒厂老板家里。这位老板据说是协助过遗迹发掘的人，他在铁锅里盛满水，将幼苗种植在内，放在庭院里。结果酒厂老板家的莲子最先开花。莲子博士得到消息，立即跑来，一边抚摸着美丽的花朵，一边说道：

“开花啦！开花啦！”

报上写着：花型次第变化，由“酒壶型”“茶碗型”“铜盆型”，直到“瓷盘型”，尽开后飘零下来。花瓣二十

① 晚于“绳文”、早于“古坟”时代的历史时期，相当于我国周朝至魏蜀吴三国时代。

四枚。

这则报道下面还有一幅照片：白发皤然的博士，架起眼镜，手持半开的莲花花茎。再重读一遍，发现博士年龄六十九岁。

信吾对着莲花照片仔细瞧了好久，他手捧报纸，走向菊子房间。

这是她和修一夫妻二人的屋子。菊子陪嫁来的书桌上，放着修一的礼帽。菊子似乎打算写信，礼帽旁边摊着信笺纸。书桌抽斗前边，铺着一块绣花布巾。

闻到香水的香气。

“怎么样啊？还是不要急着起来到处走动啊。”信吾在书桌前坐下了。

菊子睁开眼睛，凝视着信吾。她正想坐起来的时候，听到信吾不让她多动，似乎有些尴尬，涨红了面颊。然而，额头却显得青白暗弱，独有眉毛秀丽。

“两千年前的莲子经培育开花了。看到报道没有？”

“是的，看到啦。”

“看到了啊。”信吾嘀咕道。

“要是预先跟我们说清楚，菊子你也不必硬要那么做嘛。当天就赶回来，会伤了身子的。”

菊子有些愕然。

“是上个月吧，谈到孩子的事……当时就知道了，是吧？”

菊子在枕头上摇摇头。

“那时我还不知道。要是知道了，不会提起孩子的事，那样太难为情了。”

“是吗，修一说你有洁癖。”

看到菊子的眼睛里涌出泪水，信吾后半句没有说完就中止了。

“不再请医生看看吗？”

“明天再去一趟。”

第二天，信吾刚从公司回家，保子忙不迭地对他说：

“菊子啊，她回娘家去啦。听说现在正躺着呢……大约两点钟前后，佐川家打来电话，是房子接的。说菊子回了趟家里，身子有些不舒服，躺下了。预先没商量很不好意思，想让她静养些时候再回去。”

“是吗？”

“我托房子告诉对方，明天叫修一去看看菊子。电话好像是亲家母打来的。菊子是想回娘家睡觉了吧？”

“不是的。”

“究竟是怎么了呀？”

信吾脱掉上衣，慢慢解着领带，抬头仰望着，说道：

“她堕胎了。”

“什么？”保子很惊讶，“唉，瞒着我们哪……您说的是咱家的菊子吗？当今的人真有点可怕啊！”

“妈，您还蒙在鼓里。”房子抱着国子走进餐厅，“我知道得很清楚。”

“你怎么会知道？”信吾不由追问起来。

“这事儿不好说。说了扯不清。”

信吾没话可说了。

都苑

一

“我家老爸真有意思。”房子洗涮晚饭后的菜碟子，动作粗野地摞在盆里，“对于亲生女儿比对外头嫁来的儿媳妇还客气。对吧，妈妈？”

“房子！”保子厉声喊道。

“我说得不对吗？菠菜煮过头了，就说煮过头了不好吗？也还没有烂得只能拿去喂小鸟嘛，还是菠菜的形状。您可以拿到温泉里烫呀。”

“温泉怎么烫？”

“温泉不是可以煮鸡蛋、蒸馒头吗？妈妈不是吃过哪里的含镭温泉蛋吗？说什么蛋白硬，蛋黄软的……京都丝瓜亭的手艺，您不是也曾赞不绝口吗？”

“丝瓜亭？”

"那是瓢亭[1]。穷措大也知道那个地方。煮菠菜也讲究什么瓢亭、丝瓜亭[2]吗?"保子笑了起来。

"利用含镭温泉,按照一定温度和时间煮菠菜吃,即便菊子不在身边,老爸也会像波派[3]那样恢复元气的。"房子说着,她没有笑。

"我不爱听,阴阳怪气的。"

随后,房子利用膝盖的力量,捧起沉沉甸甸的水盆,说道:

"美男俊女儿子儿媳,不在身边,吃饭也不香。"

信吾抬起头来,同保子对看一下。

"真会耍嘴皮子!"

"可不,不敢说、不敢哭,处处陪着小心。"

"小孩子哭有什么办法呢?"信吾嘟囔着,稍稍张着嘴。

"不是孩子,是我呢。"房子东倒西歪地向厨房走去,"婴儿当然是要哭的了。"

房子哐啷一声,把盛着盘碗的盆子扔进水槽里。

保子惊讶地直起腰来。

---

① 日式怀食料理名店,京都本店位于南禅寺附近。

② 丝瓜(heichima)一词,别有"劣等"之意。

③ Popeye,即大力水手。美国漫画中的人物,1929年以海员姿态出现,深受欢迎。危机时,借助吃煮菠菜获得神奇力量,保护恋人不受敌方侵犯。

听到了房子的抽泣声。

里子翻着白眼看看外婆，立即向厨房跑去。

信吾觉得外孙女的眼神含着厌恶。

保子也站起来，抱起一旁的国子，放在信吾的膝头上。

“看着这孩子。”

说罢，向厨房走去。

信吾抱起国子，她身子很柔软，又一下子拉到怀里。他手里握着孩子的小脚丫儿，细弱的脚脖子和胖乎乎的脚底板全都攥在信吾的手心里。

“痒痒吗?”

不过，婴儿好像不知道什么叫痒痒。

房子还在吃奶的时候，为了给她换衣服，脱光她的身子放在床上。信吾挠挠她的两肋，孩子齉着鼻子，挥舞着小手……信吾回忆着，有些事已经想不起来了。

房子幼小时期，信吾不太说女儿长得丑。每当开口欲言时，保子姐姐美丽的形象就浮现于脑际。

信吾期待着，随着年龄逐渐长大，婴儿的长相也会经过几度变化的。但信吾的这种期待似乎落空了，随着孩子一天天长大，期待也变得迟钝了。

外孙女里子的脸蛋儿比起母亲来似乎好看些，看来幼儿国子还有希望。

照这么看，信吾甚至也想在外孙女身上寻求保子姐姐的面影吗？信吾对自己厌恶起来。

信吾尽管厌恶自己，但他却陶醉于一种妄想之中：谁能知道，菊子堕胎的孩子，这个失去的孙儿或孙女，就不会是保子姐姐的转生呢？谁又敢断定她不是被强迫不能生在现世上的一位美女呢？于是，信吾对自己越发感到不可思议。

他松开握住婴儿小脚的手掌，国子即刻离开外公的膝头，朝着厨房挪去。她向前架起两只胳膊，脚步摇摇晃晃。

“危险！”信吾话音未落，孩子栽倒了。

婴儿向前倒去，躺在地上没动，好一阵子没有哭。

里子拽住房子的袖口，保子抱着国子，娘儿四个回到餐厅。

“爸爸完全犯糊涂啦，妈妈。”房子边擦桌子边说，“从公司回来，换衣服时，不论是汗衫还是外衣，大襟总是向左侧掩合，系上带子。一副奇怪的打扮站在那里。怎么会变成这样的人了呢？这恐怕是爸爸生来第一次吧？看来非同小可啊。”

“不，以前也有过一次。”信吾说。

“当时，据菊子说，琉球人向左向右都可以。”

“哎？琉球，为什么？”

房子又改变了面色。

“菊子为了讨好爸爸，没少动脑筋，很会做人啊。琉球，真的会这样吗?”

信吾强忍怒气。

“所谓汗衫[1]，原来是葡萄牙语。在葡萄牙可不知左襟在前还是右襟在前。”

“菊子也懂得这些吗?”

保子从旁打圆场说：

“夏天的浴衣什么的，爸爸也经常会穿反了的。”

“无意中反穿浴衣，和稀里糊涂将前襟左掩，这是两回事。”

“你叫国子自己穿衣服看看，她知道是左还是右啊?”

“爸爸返老还童还嫌太早。”房子心里不服气，“所以，妈妈，不是太丢人了吗? 儿媳妇回娘家不到一两天，爸爸就把和服衣襟弄反了，怎么会有这种事呢? 亲生女儿回娘家不是快要半年了吗?”

是的，房子除夕晚上冒雨回到娘家，确实快到半年了。女婿相原没来过一句话，信吾也没有主动去见他。

“是半年啦。”保子附和着女儿，“但你的事和菊子没有关系。”

“没有关系? 我认为两方面都和爸爸有关系。”

“那是孩子自己的事，你想让爸爸为你解决问题吗?”

---

① 原文是“襦绊”(jyuban)。

房子低下头未作回答。

“房子，趁这个时候，把你想说的话全都说出来吧，心里也好轻松些。正好菊子不在家。”

“都怪我不好，所以也没有什么需要特别敞开说的事。纵然不是菊子亲手做的菜，我总希望爸爸只顾埋头吃喝才好。”房子继续哭着说，“不是吗？爸爸虽然只顾埋头吃喝，但吃得很不开心，我也会觉得很扫兴啊！”

“房子，你想必有好多话要说吧？房子，两三天前，你不是去邮局了吗？是不是给相原寄信的？”

房子似乎很惊讶，她摇摇头。

“我想你也没有什么人要写信去的，所以就认定是给相原发信了。”

保子说话一针见血。

“是寄钱吧？”

信吾由此觉察出保子瞒着自己给了女儿一些零花钱。

“相原在哪里？”

信吾说着转向房子，等待回答。但他却又首先说：

“好像不在家里，我托付公司的人，每月去家里一趟看看情况，其实更是给婆婆送点养老金。因为我想，如果房子继续待在婆家，她或许就是需要照顾婆婆的人。”

“啊？”保子很感意外，“您派公司的人去的？”

“那个人口风很严谨，不会乱说乱问的，可以信任。相原要是在家，我想去一趟，同他谈谈房子的事。不过，假如见的只是那位腿脚不便的老太太，见了也无济于事。”

“相原他在干什么呢？”

“唉，好像是在走私毒品。他也是受人指挥，被当作手下人使唤。喝杯酒就成了毒贩子的俘虏了。”

保子恐惧地瞧着信吾，比起相原来，一直隐瞒这件事的丈夫看来更可怕。

信吾继续说：

“不过，那位腿脚不便的老母亲，好像早已不在那个家里了。别的人员已经住了进去，就是说，房子从此没有家了。”

“那么，房子的东西怎么办呢？”

“妈妈，衣橱和行李箱早已空无一物了。”房子说。

“怎么？带回一枚包袱皮来，就说明你是好人吗？唉……”保子叹了口气。

信吾怀疑房子知道相原的下落，所以才写信给他的。

此外，没有给堕落的相原以全力支持的是房子，还是信吾，还是相原本人呢？或者谁都不是呢？信吾眼望着暮霭沉沉的庭院。

二

十点钟左右，信吾到公司上班，看到谷崎英子留给他的字条：

“为少奶奶的事，我来拜见，未遇。改日再来吧。”

她所说的“少奶奶”，除了菊子别无他人。

信吾询问房间里的岩村夏子，她是顶替辞职的英子的。

“谷崎是几点来的？”

“啊，她来时我刚上班，正在擦桌子，大约是八点过一点吧。”

“她在等我吗？”

“嗯，等了一会儿。”

夏子沉闷的“嗯”的语言习惯，信吾听起来很不舒服，或许是她乡下人的土语吧。

“他见到修一了吗？”

“没有，她没见就回去了。”

“是吗，八点过后……”信吾自言自语。

英子可能是到裁缝店上班前路过这里，或许午休时还会再来的。

英子的字写在一张大纸的一端，字写得很小，信吾又看了一遍，随即望望窗外。

是五月里最典型的天空，一派晴朗。

信吾坐在横须贺线电车上，也在抬头仰望天上。仰脸看天的乘客，全都打开了车窗。

擦着六乡川闪光的流水飞翔的鸟儿，也散射着银色的光辉。红色的公交车从北边大桥上奔驰而过，看上去也并非偶然。

“天上大风，天上大风……”信吾不由得反复念叨着那幅赝品良宽匾额上的文字。他看着池上的森林，“哎呀！”一声，几乎要从左侧窗户探出身子。

“那松树，或许不是池上森林，太靠近了。”

高出一截的两棵松树，今朝一旦看见，似乎就在池上森林前边。

过去，春天，又是雨日，远近竟然如此一派模糊。

信吾从车窗内继续望着，他想看得更真切些。

他每天在电车中遥望，心里很想到松树生长的地方看个明白。

尽管说是每天，但发现这两棵松树还是最近的事。长年累月，过去只是朦胧地望着池上本门寺的森林一闪而过。

不过，他今天第一次发现那高高的松树不是在池上森林。也是由于五月早晨的空气十分清澄的缘故。

那两棵松树，互相倾斜着上半身，树梢眼看就要抱合在一起了。信吾对两棵松树有了两次发现。

昨天晚饭后，信吾说出他探访相原家，多少帮助了相原老母亲的事，愤愤不平的房子也不吭声了。

信吾有些怜悯房子，他觉得似乎在房子家里发现了什么，至于他究竟发现了什么，那就像池上的松树一样模糊。

说起那池上的松树，两三天前，信吾在电车上一边眺望松树，一边责问修一，逼使儿子说出菊子流产的事。

松树已经不单是松树了，而是和菊子堕胎的事缠绕在一起。每当上下班路上看到这两棵松树，信吾也许就不由联想起儿媳妇的事。

今天早晨同样如此。

修一袒露事实的那天早晨，两棵松树在风雨中黯然一片，同池上森林融合在一起。然而，今天早晨，松树离开森林，同堕胎缠绕，看起来颜色污秽。抑或是天气过于晴朗的缘故。

“天气很好，但人的心情很坏。”信吾沮丧地发着牢骚。他不再观察被公司的窗户切割的蓝天，着手工作了。

过午，英子打来电话。因为忙于赶制夏装，今天不能来了。

“真的这么忙吗?”

“是的。”

英子不再言语了。

“你现在从公司打来的?”

“是的，不过绢子不在。”她淡淡说出了修一情妇的名字，“我是专等绢子小姐不在时打的电话。”

“嗯?”

“喂喂，明天早晨，我去看您。”

“早晨？八点左右？”

“不，明天我等您来。”

“有什么急事吗？”

“是的，不是急事，又是急事。凭我的心情，是急事。我想早点跟您说。我太激动啦。”

“你太激动了？是修一的事吗？”

“见面再说吧。”

英子的“激动”莫知所指，接着两天都要来找他谈话，使得信吾深感不安。

不安搅得他待不下去，下午三点光景，信吾给菊子的娘家挂电话。

佐川家的女佣来接电话，在等待菊子到来的时间内，电话里传来美妙的音乐。

自打菊子回娘家之后，信吾再未同修一提起过菊子。修一似乎躲避着这一话题。

还有，他本想到佐川家去探望菊子，但想到别把事情闹大，便控制住了。

从菊子的性格上看，信吾认为，她不大会向娘家的父母兄弟透露绢子以及堕胎的事。不过谁又能知道呢。

“……爸爸！”听筒内美妙的交响乐中传来久已怀念的菊子的呼唤。

“爸爸，让您久等啦！”

“啊。”信吾放心了，“身体怎么样?”

“已经好多啦，我太任性，实在对不起您。”

“不。”

信吾一时说不出话来。

“爸爸!”菊子再次高兴地叫了一声。

“我很想念您，我这就去看您，好吗?”

“马上就回来?能行吗?”

“能行，我想早点儿见到您，免得直接回家，太难为情啦。”

“好，我在公司等你。”

音乐声继续响着。

“喂喂。”信吾继续听着音乐，“这音乐很好听。”

“啊呀。忘了关啦……是芭蕾舞曲《仙女们》[1]，肖邦组曲，我把唱片要下来带回去吧。”

“马上就来吗?”

“是的，可我不愿意去公司，我在考虑呢。”

接着，菊子提议在新宿御苑会合。

信吾不由一怔，随即笑了。

菊子觉得自己想得很周到。

“那地方遍地绿色，爸爸看了会高兴的。”

---

① 原名为 Les Sylphides，亦作《林中仙子》，肖邦作曲。

“新宿御苑，记得曾经去过那里一次，是观看狗的展览会的。”

“您把我也当作小狗来看就行啦。”菊子笑着说，其后继续响着《仙女们》的芭蕾舞曲。

三

按照和菊子约定的时间，信吾来到新宿一丁目，从大木户门进入御苑。

值班室旁边竖立着一块告示牌，写着：出租童车，每小时三十元；草席每天二十元。

一对美国人夫妇，丈夫抱着女儿，妻子牵着德国波音达[1]猎犬。

进入御苑的不仅是这对美国人夫妇，还有许多年轻恋人。缓步而行的只是那对美国夫妇。

信吾自然地跟在他们身后。

道路左侧看似一片落叶松，其实是雪松树林。信吾上回来参加的似乎是动物保护协会组织的慈善游园会，当时看到的优美的雪松松林，究竟位于哪一带，他已经无法判断了。

---

① German Pointer，短毛大猎犬，原产于英国。

道路右侧的树木上，悬挂着“侧柏”“赤松”等小木牌。

信吾以为自己先到了，他放慢了脚步。进门不远处就是一座水池，没想到菊子早已坐在池畔的长椅子上，背靠一棵银杏树等他了。

菊子转过头站起身来，向公公施礼。

“来得好早啊，不到四点半呀，提前一刻钟。”信吾看看表。

“接到爸爸的电话真叫人高兴！马上就来啦，实在是高兴极了。”菊子快速地说着。

“就这么一直等着，穿得这么少，不冷吗？”

“不冷，这还是女学生时代的毛衣。”菊子略显羞惭，“娘家没有留下我穿的衣服，又不愿借穿姐姐的和服。”

菊子是八人兄弟姐妹中最小的一个，姐姐们全都出嫁了，她这里所说的姐姐就是嫂嫂。

浓绿色的毛线衣是短袖，信吾今年首次看到菊子裸露的臂腕。

菊子再次郑重地为自己来娘家住向公公表示歉意。

信吾一时不知说什么好。

“可以马上回镰仓吗？”他只是关切地问了一句。

“可以。”

菊子听话地点点头。

“我很想回去。”说罢，耸动一下秀媚的肩膀，凝视着公公。她是如何耸动肩膀的呢？信吾的眼睛未能看得太真切，但那轻柔的馨香使得信吾深感惊奇。

“修一去看你了吗？”

“去了。不过，要是爸爸不来电话……”

她是想说“很难回去”吗？

菊子说着说着，离开银杏树荫。

高大的乔木，秾丽的绿荫，笼罩在菊子背后细白的脖颈上。

水池略显日本风情，水中的小岛上，一个白人士兵，一只脚蹬在石灯笼上，同妓女打情骂俏。岸边的长椅上，也坐着一对年轻的情侣。

信吾跟着菊子，穿过水池右侧的树林。

“很宽广啊。”信吾感到惊讶。

“爸爸也很满意吧。”菊子得意地说。

然而，信吾走到道路旁的枇杷树下站住了，他不想立即进入那片广阔的草地。

“这棵枇杷树很好看。没有东西阻挡它，就连下边的枝条也都尽情地伸展着。”

顺其自然、随意生长的树木的姿态，使得信吾获取了丰盈的感动。

“姿态优美。是的，是的，那次来看犬展，一排高大的雪松，下面的枝条尽情伸展，看起来令人心情很舒畅。记不清在哪儿了。”

“靠近新宿那边。”

“对了，上回是从新宿那边进来的。”

“刚才我在电话里听说了，您说是来看犬展，是吗？”

“嗯，虽然狗不很多，但动物保护协会为了募捐举办游园会，日本人很少，外国人很多。看来都是占领军的家属及外交官。那时是夏天，身披大红或水蓝罗衫的印度姑娘十分漂亮。美国和印度的小卖部都出摊了，那真是难得一见的场景啊！”

这都是两三年前的事了，信吾记不清具体是哪一年了。

说着说着，已经离开了枇杷树前。

“家里庭院的樱花树下，那些围绕在树根上的八角金盘，要全都除掉。你回家记住这事，别忘记了。”

“好的。”

“那棵樱树没经过剪枝，所以我很喜欢。”

“小枝很多，花开满树……上个月，花事正盛，佛都举办七百年纪念，我和爸爸都听到寺钟了。”

“难得你还记得这事。”

“哎呀，我一辈子也忘不掉。还听到鹞鹰的鸣叫。”

菊子贴近信吾身旁，从大榉树下走进广阔的草地。

满眼翠绿，信吾顿时心旷神怡。

“嗬，生长旺盛啊，仿佛不是在日本，真没想到东京竟有这样的地方。”信吾说着，朝着新宿方向遥望远方无边的绿色。

“据说在 vista[①] 设计上颇费苦心，看过去更有纵深感。”

“Vista 是什么意思呢?”

“就是一条贯通线。草地边缘和中央道路都是和缓的曲线呀。”

菊子说，她从学校出来时，听过老师的讲解。据说这块散种着乔木的大草地，是模仿英国风景园的样式建设的。

宽阔的草坪上所见到的人，大都是一对对青年男女。有的双方躺在草地上，有的坐着，有的悠悠散步。也少许看到五六个结伴的女学生和一群孩子。这里是恋人们幽会的乐园，信吾甚为惊讶，觉得不该来到这里。

宛若皇室的御苑已经开放，青年男女也是一道开放的风景吧。

信吾和菊子进入草地，穿过幽会的情侣。没有任何人注意到他们，信吾尽量躲着走过去。

但是，菊子又是怎么想的呢？单单是年老的公公和年轻的儿媳妇一起逛公园吗？这对于信吾来说，太不习惯了！

---

① 原文为英语 vista，远景、展望之意。

菊子在电话里说约在新宿御苑见面，当时信吾并没有在意，来到这里一看，感觉完全异样了。

草地里生长着格外高大的树木，信吾被这种树木吸引住了。

信吾一边仰望，一边走过去。其间，那高耸的富于品味的绿色与量感，深深传达到他的身上，自然界为他和菊子洗涤了郁闷。“爸爸也很满意吧”，这就够了！

那是鹅掌楸，走近一看，方知原来是三棵树。竖立在一侧的告示牌上写着：“花朵似百合，又像郁金香，又名郁金香树，原产于北美，成长迅速。这里的树木树龄大约五十年。”

“嗬，五十年？比我年轻。”信吾惊奇地抬头仰望。

广阔的枝叶仿佛要把他们俩抱住隐藏起来。

信吾坐在长椅上，然而心情一时难以平静。

信吾猝然站立起来，菊子意外地望着他。

“去看看那边的花吧。”信吾说。

草地对面花坛里的一群白花，看上去同鹅掌楸垂挂的枝条几乎碰到了，远望起来鲜艳夺目。

他们越过草地，向那里走去。

“日俄战争凯旋归来的将军欢迎典礼，就是在这座皇家园林举办的。我那时不到二十岁，住在乡下。”信吾说道。

花坛两侧是一排排整齐的树木。信吾在树木之间的长椅上坐下来。

菊子站在他面前。

“我明天早晨回家，也告诉妈妈一声，请她不要骂我……”菊子说着，随即在信吾身边坐下来。

“回家之前，倘若有什么话要对我说……”

“是对爸爸吗？想说的话太多太多了。”

四

翌日早晨，信吾静心以待，但他还是在菊子回来之前出门了。

“她说不愿意挨骂。”信吾对保子说。

“怎么会挨骂呢，我还要向她赔不是哩。”保子也显露出开朗的神情。

信吾只告诉保子，他给菊子打了电话。

“对于菊子，您这个公公的决定就是圣旨。”保子送信吾到大门口，“嗯，好吧。”

信吾到了公司，不久英子来访。

“呀，变得好漂亮啊！还拿着鲜花。”信吾高兴地迎上去。

“上了班就脱不开身了，我在街上逛了一会儿。花店里很好看呢。”

然而，英子表情严肃地走到信吾办公桌前，却用指头在桌面上写着“把她支开”。

“哦?”

信吾不由一愣，对夏子说：

“你暂时离开一下。”

夏子起身离去前这段时间，英子看见花瓶，将三朵玫瑰插进去。她身穿裁缝店女职员式的连衣裙，身子稍显胖了些。

“昨天太失礼了。”英子有点反常地开口说，“接连两天前来打搅，我呀……”

“啊，坐下吧。”

“谢谢。”她在椅子上坐下来，低俯着身子。

“今天让你迟到了。”

“哎，没关系。”

英子扬起脸来看着信吾，一副要哭的样子，气息不稳。

“可以说说吗？我实在感到义愤，可能过于激动了。”

“嗯?”

“是少奶奶的事。”英子欲言又止，“她做了人工流产了吧?”

信吾没有回答。

英子怎么会知道？修一也不会主动告诉她的。可是，英子和修一的情人同在一家店里上班。信吾有些厌恶，随即感到不安。

“做‘人流’也是可以的，不过……”英子迟疑起来。

“是谁告诉你的?”

“那笔手术费是修一君从绢子小姐手上拿的。”

信吾错愕良久，心脏紧缩。

“我觉得太过分啦，这种手法太欺侮女人啦！简直没头脑。少奶奶太可怜啦，我实在看不下去。修一君也许给绢子小姐钱了，也可能算是他自己的钱。不过，我们总觉得腻歪。他毕竟和我们身份不同呀，这点钱修一君怎么都拿得出来。身份不同，就可以这么干吗?”

英子控制着薄薄的肩头，以免颤抖起来。

“给他钱的绢子小姐，我无法理解。我只是气不过，厌恶极了。哪怕从此不再和绢子小姐在同一家店里工作，我也要把这件事告诉您。这或许是多管闲事，有点不近人情吧。”

“不，谢谢你了。”

“我在这里，您待我很好。我只见过少奶奶一次，我很喜欢她。”

英子泪眼盈盈，闪闪发光。

“请让他们分开吧。”

她说的无疑是绢子，但听起来又像是让修一和菊子分开。

信吾被彻底打倒了。

信吾对儿子精神上的麻木和颓废大惑不解，他本人似乎也深陷泥沼之中。他害怕黑暗的恐怖。

想说的全都说了，英子打算回去。

“哦，再待会儿。”信吾有气无力地留住了她。

“改天再来看您。今天很失礼，要是哭了就太不好意思啦。”

信吾感受到英子的良心与善意。

信吾曾经认定英子靠绢子介绍来这家店里工作，认为她没头脑；岂不知修一和他自己该是多么没有头脑。

信吾心性茫然地凝视着英子留下的红玫瑰。

信吾曾经听修一说过，菊子因为洁癖，在丈夫有情妇的“现状”下不生孩子。菊子的这种洁癖，不是完全被践踏了吗？

菊子尚不知道这些，眼下或许已经回到镰仓家中了吧。信吾不由闭上眼睛。

伤后

一

星期日早晨，信吾用锯子把樱树下边的八角金盘锯掉了。

信吾虽然估摸着，要是不把根子挖掉还会再长，但又嘀咕道：

“等每次出芽时，再砍除也行。”

以前也砍除过，反而根茎扩展，越长越旺盛了。但是，如今信吾还是不打算刨去根子，也许他已经无力彻底挖除了。

八角金盘碰到锯子立即脆断，层层簇簇，信吾额头上逐渐渗出了汗水。

“我帮您一下吧。”修一不知何时走过来了。

“不，用不着。”信吾断然拒绝。

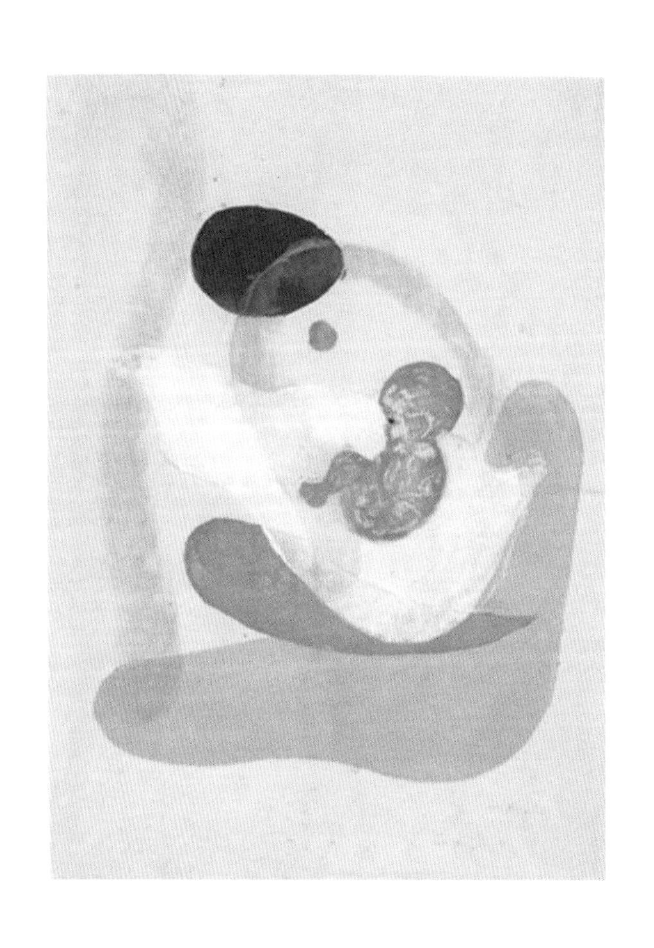

画 | 恩地孝四郎

修一呆呆地站了一会儿。

“是菊子叫我来的，她说爸爸正在清理八角金盘，叫我来帮帮您。”

“是吗？不过只剩一点了。”

信吾坐在砍倒的八角金盘上，望着家里。菊子背倚廊缘的玻璃窗站立着，系着雅致的红色腰带。

修一拿起信吾膝头的锯子。

“全都锯掉吧。”

“嗯。”

信吾望着修一虎虎有生气的动作。

剩下的四五棵八角金盘立即倒下了。

“这个也锯掉吗?”修一回头问道。

“那个，等等。”信吾站起身来。

长出了两三棵幼小的樱树枝条，看来都是从老树根发出来的，不是单株，可能是幼枝。

粗大树干的底部，发出小小插栓般的枝条，长出了叶子。

信吾稍稍离开来看看。

“这些地里长出的东西，清除掉也许显得疏朗些。”信吾说。

“是吗?”

不过，修一并不想马上锯掉那些樱树幼枝，他认为老爸的考虑太迂腐了。

菊子也下来走到院子里。

“爸爸他呀，正在动脑筋，要不要把这些锯掉。”修一用锯子指着樱树的幼小枝条，轻声笑着说道。

“那些，还是锯掉了好。”菊子淡然回答。

“是不是幼枝，一时难于辨认。”信吾对菊子说。

“泥土里不会长出樱树幼枝的呀。”

“树根上长出的幼枝，应该叫什么呢?”信吾也笑了。

修一默默地锯掉了樱树幼枝。

“本来打算将这些樱树幼枝全都保留下来，任其自然而又自由地发展生长，但因为八角金盘搅乱其中，就清除掉了。”信吾说道。

“把主干下边的小小枝条给保留下来。”

菊子看着公公说：

“那些可爱的幼枝又像筷子又像牙签，开着樱花时，挺好看的呢。”

“是吗？是能开花吗？我倒没注意呢。”

“是开过花啦，小枝子上一团儿，开两朵花或三朵花……牙签般更小的枝子上只开一朵。”

“是吗?”

“不过，这种小枝子不知能不能长大。等到这种可爱的小树枝长长了，就像新宿御苑的枇杷树和山桃树的底枝一样粗壮，我也早已变成老太婆啦。”

“那也不见得，樱花树长得很快。”信吾一边说，一边瞧着菊子的面孔。

信吾没有把自己和菊子一道去新宿御苑的事告诉老妻和儿子。

菊子莫非一回到镰仓婆家，就立即把这件事跟丈夫说明了？或许，菊子并未意识到需要什么坦白，她可能会若无其事地说出来。

“听说您和菊子在新宿御苑会面了。”这话要是修一难以启齿，或许应该由信吾主动提出。但谁也没有开口，双方都有纠结之处。也许修一虽然听菊子说了，只是佯装不知罢了。

但是，菊子的神情里一无障碍。

信吾凝视着樱花树干的幼枝，头脑里不由描画着这样的图景：这些在意料之外的地方吐露出新芽的纤弱的幼枝，多年后犹如新宿御苑树木的底枝一般，向四方扩展。

倘若长条垂挂于地、繁花缀满枝头，那该是多么豪奢的景象！但信吾不曾见到过樱树这样的枝条，也没见过大樱树主干根部的枝叶向外扩展。

“锯倒的八角金盘放在哪里？”修一问。

“放到哪个角落都行啊。”

修一将八角金盘归拢在一起，夹在胳肢窝里拖着走，菊子也捧着三四棵跟在后头。

“不用了，菊子你呀……还不能太大意了。”修一关爱地说。

菊子点点头，将八角金盘放在地上，伫立不动。

信吾回到屋里。

“菊子也在院子里干活吗?”

保子正在把旧蚊帐改小，供婴儿睡午觉使用。她摘下老花镜问道。

“星期天，两人都在院子里，可是很少见啊。菊子打从娘家归来后，关系好多了，真奇怪。”

“菊子也是很伤心的。”信吾嘀咕着。

“也不能光这么看。”保子强调地说，“菊子虽然是个爱笑的女孩子，但她很久没有像今天这样笑得如此开心了。看到她有点憔悴而欢乐的笑颜，我也……”

“嗯。”

“这阵子，修一也下班早了，星期天都待在家里。俗话说，一场雨下得地基更瓷实了。”

信吾默默地坐着。

修一和菊子一起走进屋里，修一手里捏着一根樱树幼枝。

“爸爸，您的宝贝樱树小枝子，被里子拔掉了。”他把树枝递到信吾眼前，“里子对八角金盘很好奇，她想全给拔下来，没料到拔着拔着，拔掉了樱树的幼芽。”

“是吗？这是孩子可能会拔掉的枝子。”信吾说。

菊子站着，将半个身子藏在丈夫背后。

二

菊子从娘家回来，分别送给公公一把国产电动剃须刀，婆婆一根和服带纽[①]，房子两套小孩衣服。

后来，信吾问保子：

“她给修一送了什么东西？”

“一把折叠伞，听说还买了美国产梳子。梳盒子一侧嵌着小镜子……其实，梳子代表缘分已尽，不可作为礼物送人的。或许菊子不懂得这些。”

“美国不讲究这些。”

“菊子也给自己买了同样的梳子，颜色不一样，稍微小一些。房子看见了，说很喜欢，菊子就送给她了。菊子好不容易买了一件同丈夫一样的东西，这对从娘家回来的菊子来说，应是她的珍爱之物。房子不该半道上截去。就连一把不起眼的梳子，她的做法也显得很没头脑。”

保子觉得自己的女儿太没出息了。

---

① 系在和服腰带或其他服饰外的彩绳。

“听说里子和国子的衣服是高级丝绸，质地很好。虽说没给房子带礼物，可是送给两个孩子不就等于送给房子吗？菊子或许认为，没给房子买点什么，有些过意不去吧。菊子并非高高兴兴回的娘家，本不该让她送礼的呀。”

“是啊。”

信吾也有同感，更有一种保子无法知晓的郁悒。

菊子购置礼物，大概也给娘家人添了不少麻烦。菊子堕胎的费用，也是修一叫绢子代出的，可见他们夫妻俩没有足够的钱购买礼品。菊子也许认为让丈夫为她出了医疗费，而向娘家索要了购买礼品的费用吧。

信吾很长时间没给菊子零花钱了，他为此很后悔。不是没有想到，而是因为菊子和修一他们夫妇关系不和，随着做公公的自己和儿媳妇变得亲近，反而使得信吾很难再私下给她零花钱了。其实，他没有设身处地为菊子考虑，就像硬把梳子截留下来的房子。

菊子不用说因为丈夫耽于玩乐而手头颇为拮据，由此很难主动向公公索要零花钱。不过，只要信吾照顾得周全些，菊子也不会受到如此侮辱，以至仰仗丈夫的情妇为自己支付堕胎费。

“还是不买礼物来为好，免得更难过。”保子思忖着，“合起来是一笔不小的数目。得花多少钱啊？”

“这个嘛。”

信吾在心里琢磨着。

“电动剃刀是多少钱来着？这个估计不到，没见过这玩意儿。”

“可不是嘛。”保子也点头称是，“要是摸彩，您一定是头等。因为是儿媳妇菊子送的。又有响声，又能转动，不是吗？”

“刀齿不动。”

“动的，不动怎么刮胡子？”

“不，怎么看都不动。”

“是吗？”

保子咯咯笑起来。

“瞧您高兴的，就像孩子得到玩具。绝对是一等。每天早晨刺啦刺啦地响，吃饭时也不断摸下巴颏儿。因为太入迷了，连菊子都觉得难为情。但她心里很高兴。”

“也可以借给你用嘛。”信吾笑了，保子摇摇头。

菊子从娘家回来那天，信吾和修一爷俩一起下班回家。当晚在餐厅，全家人对菊子买的电动剃刀很感兴趣。

菊子招呼也不打就回了娘家，修一全家又逼她做了人工流产，如今一下子面对面坐下来，本来很尴尬，这回有了电动剃刀，可以说全靠这玩意调和气氛了。

房子早已为里子和国子穿上童装，对领口和袖口的绣花边儿赞叹不已，满脸喜悦。信吾一边阅读电动剃刀的

“使用须知”，一边当场表演。

全家人一起朝他望着，似乎都在关心电动剃刀的效果。

信吾一只手握着剃刀，在下巴颏上不停地滑动，一只手不离那张“使用须知”。

“这上面写着，女人脖颈的汗毛也很容易剃掉。”他说罢，看看菊子的面孔。

菊子鬓角和额间的发际秀媚无比，信吾似乎从未注意过那里。那一带发际之间，微妙地描画出楚楚动人的线条。

细白的肌理，整齐的黑发，鲜洁分明。

菊子略显白皙的容颜，反而衬托出两颊的红潮，双目怡悦，炯炯有神。

“爸爸得到一件心爱的玩具。”保子说。

“不是玩具，而是文明的利器，精密的机器！附带机器番号，在机检、调整和出厂栏上都盖有责任人的图章。”

信吾心情很好，先顺着胡须剃，再逆着胡须剃。

“不必担心像一般剃刀那样划伤皮肉，或者过敏，也不需要肥皂和水。”菊子说。

“嗯，上了年纪的人皱纹多，一般剃刀用起来磕磕碰碰的。这个嘛，你也能用啊！”信吾正要交给保子。

保子缩起身子躲避着。

“我没有胡须。”

信吾注视着电动剃刀的刀齿，戴上老花镜又瞧了一下。

“刀齿不动，怎么剃的呢？光是小电动机旋转，刀齿不动。”

“哪里?”修一伸过手去，信吾早已交给保子了。

“真的呢，刀齿好像不动。可能就像吸尘器，把灰尘吸进去了。”

“不知道剃掉的胡须哪里去了。”信吾这么一说，菊子低着头笑了。

“既然收到了剃刀，那就买个吸尘器作为还礼吧，怎么样？洗衣机也可以啊，对菊子来说大有用场。”

“说的是。”信吾回应老妻。

“您说的什么文明的利器，咱家一件也没有。就说冰箱吧，每年都说要买要买，今年总该要买了吧。还有烤面包机，烤好的面包片自动跳出来，电源也随之切断了，便利极啦。”

“老太太是在宣传家电论吧?”

“爸爸老说疼儿媳妇，就是不肯做实事。”

信吾拔掉电动剃刀的电线。剃刀盒子里装着两只小刷子，一只像牙签，一只像瓶刷子。两只小刷子信吾都试用过了。他用那只瓶刷子扫除刀齿的内部，突然向下一看，膝盖上落了一些极短的白毛。眼睛也只能看到白毛。

信吾悄悄掸了掸膝头。

三

信吾首先购买了吸尘器。

早饭前，菊子打扫房间的声音和信吾电动剃刀转动的响声混合在一起，使得信吾总觉得很滑稽。

不过，这也许是家庭焕然一新之后的音乐。

里子也很喜欢吸尘器，一直跟在妗子身后走着。

因为有了电动剃刀，信吾做了一个下巴颏上胡子的梦。

信吾不是梦中人物，只是个观众。因为是梦，出场人物和旁观者的区别并不明显。而且，又是信吾不曾涉足的美国的事情。后来信吾想，菊子买来的梳子也是美国产，所以做了个美国的梦。

信吾的梦里，美国的各州，居民有的英国人多，有的西班牙人多。因此，胡子也各有特色。至于颜色和形态有何不同，梦醒之后已经记不清楚了。可在梦中，信吾清晰地分辨出美国各州，即各人种胡须的差异。同时，尽管醒来之后忘记了州名，记得梦里在某个州出现一位集各州人种胡须特色于一身的男子。他的胡须并非将各类人种的毛发杂糅一处，而是一部分是法国人形态，一部分是印度人形态，一个人胡须中聚集着各种人种的胡须。换句话说，此人的胡须里，一束束垂挂着美国各州各个人种不同的毛发。

美国政府把这个男子的胡须指定为天然纪念物，一旦被指定为天然纪念物，此人便不得随便剃掉胡须或进行加工了。

就是这么一个梦。信吾梦见这位男子五颜六色的胡须，似乎也感到就是自己的胡须。此人关于胡须的骄傲与困惑，似乎也变成了自己的骄傲与困惑。

几乎没有什么情节，仅仅就是梦见一个长胡子的男人。

不用说，这个男子的胡须很长。或许因为信吾每天早上用电动剃刀将胡须剃得很干净，所以反而做了胡须一个劲儿疯长的梦。不过，将胡须指定为天然纪念物倒是很荒唐。

这是天真的梦，信吾想着一早醒来要讲给全家人听，他一边静听着雨声，不一会儿又入睡了。但不久又被噩梦吓醒了。

信吾触摸着尖细而下垂的乳房。那乳房只是柔软，之所以没有胀大起来，全因为女人对信吾的手无动于衷。咳，多么叫人扫兴!

他虽然触摸到乳房，但不知女人是谁。他是不知道，但他也不想知道。没有女人的面孔和身子，只有两只乳房悬在半空里。因此，他这才思忖着这女子到底是谁。于是，他想到了修一一位朋友的妹妹。然而信吾没有受到良心的谴责，他对那位姑娘的印象十分淡薄，对她的身姿也很模糊。乳房虽不像是开怀的女子，但信吾没有将这女子当作处女。他通过手指感受到了她的纯洁无垢，猛然一惊。尽管困惑不已，但并不觉得自己的行为有什么不好。

“我权且把她当作体育运动员吧。”信吾嘀咕着。

这种说法使他感到惊讶，随之梦也破灭了。

“咳，多么叫人扫兴！”

这是森鸥外[1]临终的话。信吾想起来了，他不知何时似乎在报纸上看到过。

一旦从可厌的梦境中醒来，立即联想到鸥外临终的遗言，并且同自己梦中的语言结合在一起，这就是信吾自己的遁词吧。

梦中的信吾既无爱情亦无欢乐，甚至没有淫乱之梦的淫乱情思。咳，多么叫人扫兴！随后，他从毫无意味的梦中醒过来了。

信吾梦中没有侵犯那个姑娘，或许正要侵犯她。然而，若是因感动或恐怖战战兢兢侵犯了那个姑娘，醒来之后，这种罪恶的生命还会延续下去。

信吾回忆起近年来在淫乱的梦境中所梦见的对象，大

① 森鸥外（1862—1922），岛根县人。作家、翻译家、陆军军医。本名林太郎，别号观潮楼主人等。作品有小说《舞姬》《雁》、译作《于母影》等。

都是所谓品行低下的女子。今夜的姑娘也是如此。纵然在梦中，他也害怕因犯奸淫罪而受到道德的苛责，不是吗？

信吾想起修一那位朋友的妹妹，似乎胸脯圆润。菊子还未过门之前，那女子同修一曾经有过一段短暂的因缘和交往。

“哦！”信吾心中划过一道闪电。

梦里的姑娘不就是菊子的化身吗？梦中，道德依旧在起作用，菊子不是借助修一朋友的妹妹而现身了吗？而且，为了隐蔽乱伦，淡化苛责，不是又将这位作为替身的朋友的妹妹，变成更加低下的毫无情趣的女子了吗？

倘若允许信吾为所欲为，重新任意创设人生，那么，信吾不是可以爱上处女时代的菊子，也就是尚未做自己儿媳之前的菊子吗？

此种一直受到压抑和扭曲的心理，终于在梦中丑陋地表现出来了。信吾在梦中也将这些隐瞒下来欺骗自己，不是吗？

信吾之所以假托菊子前头曾经同修一有过一段因缘的姑娘，并使得姑娘的姿影模糊难辨，那是因为他极为害怕那个女子就是菊子，不是吗？

事后想想，梦中人物一片模糊，梦的情节也一片模糊，他已经记忆不清，触及乳房的手也缺乏快感。信吾怀疑，梦醒之后，那些狡黠的因素是否已经在起作用，将一场梦境全然抹消了。

“这是梦。胡子被指定为天然纪念物是梦。所谓圆梦是不可信的。”信吾用手掌抹了一下脸。

梦使得信吾倍感无聊，浑身发冷，可醒来之后，心怀恐惧，汗流津津。

那场胡子梦之后，开始听到的细微的雨音，如今随风变大，哗哗哗打在屋顶上。榻榻米似乎也潮润润的。不过，这雨声听起来一场风暴过后就会停息。

信吾想起来，四五天前，在朋友家里看到一幅渡边华山①的水墨画。

画面是枯树顶上站着一只乌鸦。题目是：

枯树梢头不死乌，五月夜雨待黎明。——登

信吾读罢这首俳句，明白了绘画的意思以及华山的心情。

乌鸦立于枯木顶端，风吹雨打，期盼着黎明。画面以淡墨表现风雨之威猛。信吾已记不清枯木的姿态，只记得高大的树干拦腰被刮断了。乌鸦的身姿记得很清楚，或许

① 渡边华山（1793—1841），江户时代末期画家、兰学学者。名定静，号登，又称愚绘堂。因批判幕府政治受株连入狱，自刃而死。

因为躺着，或许因为被大雨淋湿，也可能两方面原因都有，乌鸦稍稍显得臃肿。一副长喙，上半边墨色浓丽，粗硬、厚实。双目虽然睁开，但又似乎半睡半醒。乌鸦整个身躯画得很大，生就一副深含嗔怒的强悍的眼睛。

信吾只知道华山出身贫窭，切腹而死。然而，他从这幅《风雨晓乌图》中，却感受到华山当时的心境。

或许朋友为了应合季节变化才将这幅画挂在壁龛里的吧。

“真是一只气宇轩昂的乌鸦啊！”信吾说，“我不太喜欢。”

“是吗？战时，我经常观看这只乌鸦，心想，这叫什么乌鸦，乌鸦哪是这副样子啊？不过也有沉静的时候。其实，如果因为华山那样的案情需要切腹，我们真不知要切几次哩。时代使然啊！”朋友说。

“我们也在等待黎明……”

今天，风雨交加的夜晚，朋友的客厅里依然悬挂着那幅乌鸦图吧。信吾仿佛看见了画面。

家里的鹞鹰和乌鸦今夜怎么样呢？信吾思忖着。

四

信吾第二次梦醒之后，再也睡不着了，他等待天亮。

可他没有华山笔下那只乌鸦的意志和气魄。

即使是菊子或修一朋友的妹妹，在那种淫邪的梦境中却没有淫邪的欲念，不管怎么说，也是令人悲戚的，不是吗？

较之任何淫乱，此乃更加丑恶。这就叫老丑吧？

信吾在战争期间，不曾有过女色的牵连。而且，之后也一直是这样。他还没到那样的年龄，已经养成癖性。在战争的压抑之下，无法夺回原来的生命。考虑问题的方法，也因战争被逼入褊狭的常识般的死胡同。

到了自己这把年纪，这样的老人很多吗？信吾很想问问朋友们，但又怕受到嘲笑，说他没出息。

在梦里即便爱上菊子又怎样呢？在梦中怕什么，忌讳什么呢？纵然在现实中不是也可以暗暗爱上菊子吗？信吾试图重新换个想法。

老而欲忘少年恋，泪洒时雨透心寒。

芜村[1]的俳句浮上脑际，信吾的想法太守旧了。

修一因为有了情妇，和菊子的夫妻关系进一步深化了。

---

① 与谢芜村（1716—1783），江户中期俳人、画家。本姓谷口，芜村为俳号，别号宰鸟、紫狐庵。画号四明、长庚、谢寅等。与池大雅同为南画之集大成者。著有《新花摘》《夜半乐》和《芜村句集》等。

菊子堕胎后，小两口的感情更加温馨。一个暴风雨的夜晚，菊子对修一比寻常更加情意缠绵；即使修一深夜喝得烂醉如泥归来，菊子也是比寻常更对他百般体贴，全都给予谅解。

菊子到底是可怜呢，还是愚执呢？

这一切皆出于菊子的自愿吗？或者说，她还没有觉悟，只是老老实实服从造化之妙、生命之波罢了。

菊子以不生孩子对抗修一，又以回娘家对抗修一，其间表露了自身的不堪忍受与悲伤；然而两三天后归来，仿佛忏悔自己的罪愆，抚慰自己的创伤，又同修一言归于好了。

照信吾看来，也会觉得，咳，多么叫人扫兴！不过到底还是一件好事。

信吾甚至认为，关于绢子的问题，暂时可以不管，等待自然解决。

修一虽然是信吾的儿子，菊子就必须做出如此让步同修一结合在一起吗？他们真的是这般理想的夫妇、同命相怜的夫妇吗？信吾一旦怀疑起来，无边无际。

信吾不想惊动身边的保子，他打开枕畔的电灯，但看不清几点钟了。外面似乎已经明亮，六点的寺钟该响了。

信吾想起新宿御苑的钟声。

那是傍晚闭园的信号。

“就像教堂的钟声啊。”信吾对菊子说。那种感觉宛若走过某处西式公园的树木，前往教堂。御苑出口众人群集而去之处，似乎有座教堂。

信吾起来了，他睡眠不足。

信吾不便于再看菊子的面色，他和修一爷儿俩一起及早离开家门。

信吾突然问儿子：

“你在战争中杀过人吧？”

“这个嘛，大凡被我的机关枪子弹射中了，总要死的。但是，机关枪不是我发射的。可以这么说。”

修一露出不悦的神色，脸孔扭向一边。

白天停止的雨，夜晚又随风猛降起来。东京笼罩在浓雾里。

公司宴会结束后，信吾走出酒馆，被迫上了最后一辆汽车，负责将艺妓送回去。

两个上了年纪的艺妓坐在信吾身旁，三个年轻女子，坐在后排人的膝盖上。信吾顺手绕到一人腰间腰带前，一边往怀里拽，一边说：

“可以过来。”

“对不起。”一位年轻艺妓放心地坐在信吾的膝头上。她约莫比菊子小四五岁。

信吾为了记住这位艺妓，乘上电车后想把她的芳名记录下来。然而这念头只是一时闪现，转眼就忘了。

雨中

一

那天早晨，菊子首先看了报纸。

雨点似乎溅进门口的邮箱，把报纸淋湿了。菊子用煮饭的炉火烤干报纸翻阅着。

有时候信吾早醒，也会起来去拿报纸回到被窝阅读。不过，平常拿早报都是菊子的事。

一般来说，菊子都是在送走公公和丈夫以后才开始读报。

“爸爸，爸爸。”菊子在障子门外低声呼唤。

“什么事?”

“您要是醒了，请出来一下……”

“哪里不舒服吗?”

听菊子的声音，信吾如此想着，立即起身走出来。

菊子手拿报纸，站在走廊上。

“怎么啦?”

“相原君上报了。”

“相原被警察抓起来了吗?”

“不是。”

菊子后退了一下，递过来报纸。

“哦，还是湿的。”

信吾不想接过来，他伸出一只手，濡湿的报纸啪啦垂落下来。菊子接住报纸一端，双手捧起来。

“我看不清啊，相原怎么啦?”

“他殉情自杀了。”

“殉情？死了?”

“报上说，有望保住性命。”

“是吗？等我一下。”信吾松开报纸，正要离去，“房子还在睡吗？她在家里?”

“是的。”

昨晚很迟房子确实带着两个孩子睡在家里，不可能和相原一道殉情，也不可能登在今天的早报上。

信吾望着厕所窗外的狂风暴雨，想平静一下心情。山脚下的芒草耷拉下来，雨滴顺着长长的叶子迅速流淌。

“下得好大啊，不像是梅雨天气。”

信吾这样对菊子说着，坐在餐厅里，手里拿起报纸。

刚要开始读报，老花镜从鼻子上滑下来。他咋咋舌头，摘掉眼镜，从鼻梁到眼角胡乱揉了揉。这地方油腻腻的，令人心里很烦躁。

正读着这则简短的报道，眼镜又滑下来了。

相原是在伊豆莲台寺温泉自杀的。女人死了，看样子像是二十五六岁的女招待，不过身份尚未弄清楚。男的长期吸毒，或许可以保住一条命。说是男的吸毒，又说没有遗书。看来男方其中有诈术。

眼镜滑到鼻尖上了，信吾恨不得一把拽下来扔掉。

究竟是为相原的殉情自杀而生气，还是因眼镜滑落而急躁呢？两者很难区别。

信吾用力用掌心揉搓着脸孔，走向洗漱间。

报上说，相原在旅馆的房客住址簿上，写着横滨。没有出现妻子房子的名字。

这则报道没有涉及信吾一家。

写着横滨，当然是谎言。或许他没有一定的住处，或许房子也已经不再是他的妻子。

信吾先洗脸，后刷牙。

信吾仍然认为房子是相原的妻子。他由此觉得心里既烦乱又迷惘，或许仅来自自身的优柔与感伤。

“这就是所谓的时间解决一切吗？”信吾嘀咕道。

信吾迟迟未能解决的问题，时光不是终于给解决了吗？

不过，相原落到这种地步之前，信吾难道就没办法救他一把吗？

还有，是房子逼使相原走向毁灭，还是相原引导房子堕入不幸？很难弄清楚。或许既有逼使对方走向毁灭与不幸的倾向，又有受对方引导堕入毁灭与不幸的倾向。

信吾回到餐厅，一边啜着热茶，一边说道：

"菊子，五六天前，相原把离婚申请书邮寄来了，你知道吧？"

"知道，爸爸很生气呢……"

"是啊，是很生气。房子也说，这太侮辱人了。那或许是相原临死前最后一个交代吧。相原是有所觉悟的自杀，并非骗术，倒是女人白白赔了条命。"

菊子秀眉颦蹙，默不作声。她穿着粗条纹的丝绸衣裳。

"把修一叫醒，让他到这儿来。"信吾吩咐道。

站起身子离去的菊子，也许因为穿上了和服，似乎又长高了。

"听说相原出事了？"修一问信吾，随手拿起报纸。

"姐姐的离婚申请书送去了吧？"

"不，还没有。"

"还没有送出去吗？"修一抬起头来，"为什么？哪怕今天尽快送去也好嘛。相原要是救不活，那不等于死人提出离婚了吗？"

“可是两个孩子的户籍怎么办呢？相原丝毫没有提到孩子的事。年龄幼小的孩子，没有选择户籍的能力。”

房子也盖了章的离婚申请书，一直装在信吾的手提包里，来往于自家与公司之途。

他不时打发人去给相原的母亲送点钱。信吾本想请那人也一起将离婚申请交到区役所①，但还是一天天拖延下来了。

“反正孩子已经住到家里，没法子了。”修一泄气地说。

“警察会不会到咱家来呢？”

“来干什么？”

“问问谁负责照顾相原什么的。”

“不会来的吧。为了不出现这种情况，相原已经寄来离婚申请了。”

隔扇豁然被拉开，房子穿着睡衣走出来。

她没有仔细阅读，就把报纸撕成碎片，向外面扔去。但她撕碎时过分用力，想扔也没能扔出去。房子似乎要躺倒在地，她拂开满地的报纸碎屑。

“菊子，把那里的隔扇关上吧。”信吾吩咐道。

透过房子打开的隔扇，可以看见两个孩子的睡相。

房子两手颤抖，继续将报纸撕碎。

---

① 区级行政机关，相当于区政府。

修一和菊子默然无语。

“房子，你不想去接相原吗?”信吾问。

“不去。”

房子一只胳膊肘儿支在榻榻米上，猛然转过身来，吊起眼睛，斜睨着信吾。

“爸爸，您把自己的女儿当成什么人了?太窝囊啦！人家把亲生女儿逼到这种地步，您一点都不觉得气愤吗?爸爸要是不怕丢人现眼，可以亲自去接他嘛。究竟是谁把我许给那种男人的呢?”

菊子向厨房走去。

信吾是突然将心中浮现出来的想法不小心说出口了。信吾一直在考虑，房子趁着这时候去接相原，一时分手的两个人破镜重圆，小两口一切都可以重新开始。这在社会上也是可能的。

二

相原是死是活，后来的报纸上再也没有报道过。

区役所受理了离婚申请书，可见户籍上尚未注明已经死亡。

不过，即便已死，相原也会被当作无名尸体埋葬，不是吗?估计不会有这等事。他还有个腿脚不灵的母亲哩。

即便老母亲不看报，相原的亲友中也会有人告诉她的。凭信吾的想象，看来相原未能救活过来。

但是，一厢情愿地把相原两个女儿领养过来就算了结了吗？尽管修一已经态度明确，但信吾总是有所顾虑。

眼下，两个外孙女已经成为信吾的负担。最后也会成为修一的负担，修一似乎未曾想到这一点。

且不说养育的负担，房子和外孙女今后的幸福已经失掉了一半，这也关系到信吾的责任，不是吗？

还有，信吾递交离婚申请书时，相原那个相好的女子也浮上脑际。

一个女子的确死了。这个女子的生死算什么呢？

“变成精灵！”信吾嘀咕着，心中不由一惊。

“她的一生太无聊了。”

如果房子和相原彼此相安无事，那女子也不至于殉情。所以，信吾也不能完全摆脱迂回杀人的干系。这么一想，不就泛起吊慰那个女子的菩萨心肠吗？

然而，他心里无从想象那个女子的身影，倒是浮现出菊子的孩子的形象。自然不是及早打掉的胎儿的影像，信吾想到的是可爱的婴儿的形象。

这孩子没有生下来，不也是信吾迂回杀人的结果吗？

甚至连老花镜也滑腻腻的，令人烦躁的阴湿的日子还在继续。信吾的右胸感觉很沉闷。

梅雨转晴的时期，阳光猝然照射下来。

“去年夏天，盛开着葵花的家庭，今年是什么花啊，好像是种满了开白花的西洋菊嘛。好像是约好了，四五家一排，都开着同样的花，挺有意思的。去年一律都是向日葵。”信吾一边穿裤子，一边说话。

菊子手拿上衣，站在面前。

“不是因为向日葵被去年一场暴风雨刮断了吗？”

“或许是吧。菊子，这阵子你似乎长高了。”

“是的。来咱家之后，虽然也一点点逐渐变高，但这段时间似乎增长更加迅速哩。修一也感到惊奇啊。”

“什么时候？”

菊子蓦地羞红了脸蛋儿，转到信吾身后，给公公披上上衣。

“我觉得你是长高了，也不光因为穿和服。打从嫁来咱家之后，已经有些年头了，身高还在增长，这真好啊！”

“发育得晚，身高不够啊。”

“那倒不是，那也很可爱嘛。”信吾说罢，心里觉得菊子水灵透剔，十分可爱。菊子长高了，修一搂在怀里也会感觉得到吧？

失掉的婴儿的生命，也在菊子体内增长，信吾一边想象着，一边跨出家门。

里子蹲在路边，眼瞅着附近的女孩子们玩过家家游戏。

她们把鲍鱼贝壳和八角金盘的绿叶当菜盘子，再把青草切得细细的，盛在盘子里。信吾很感动，他停住脚步。

将大丽花和雏菊也切碎，装进盘子里增加色彩。

铺上草垫，那些草垫上印下了雏菊秾丽的花影。

“是的，那是雏菊。”信吾若有所思地嘀咕一声。

三四家一排，都种植了雏菊，取代去年的向日葵。

里子年小，似乎还不能入伙。

信吾迈开步子。

“外公!”里子叫喊着追上来。

信吾一直牵着外孙女的小手，走到道路尽头一角。里子跑着回家的影子，也很像夏天。

公司的办公室里，夏子露出白嫩的臂膀在擦窗玻璃。

“你呀，看没看今天的早报?”

“嗯。”夏子迟钝地回答。

“说是报纸，也弄不清哪一家，那个什么来着……”

“是报纸吗?”

“忘记是在什么报上看到的了。哈佛大学和波士顿大学的社会科学家们，对千名女秘书发出问卷调查，问她们最喜欢什么，她们异口同声地回答：有人在身边时受到表扬最高兴。女孩子们，不分东西方，大概都是一样吧？你怎么样呢?”

“那是多么难为情啊!”

“羞涩和高兴大多是一致的。当受到男人求爱时，不是也很高兴吗？”

夏子望着地上，没有回答。信吾想，夏子更像一位当下时代罕见的少女。

“谷崎或许属于这一类吧？要是在人前多给几次表扬就好了。”

“刚才谷崎小姐来过了，八点半左右。”夏子多嘴多舌说了一句。

“是吗？说什么来着？”

“她说中午再来一趟。”

信吾立即有了不祥的预感。

他一直等着，没有出外吃午饭。

英子拉开门扉，伫立不动，哭丧着脸喘息着，望着信吾。

“唉呀，今天没拿鲜花来嘛。”信吾想掩饰心中的不安。

英子仿佛责备他不该如此随便，她颇为严肃地走过来。

“又要避人眼目吗？”

夏子已经外出午休了，室内只有信吾一人。

当他听说修一的情妇怀孕了，信吾不由一怔。

“我对她说，你不能生下来。”

英子颤动着薄薄的朱唇。

“昨天下班的路上，我拉住绢子小姐对她说。”

“嗯。”

“难道不是吗？她太过分啦。”

信吾无法作答，阴沉着面孔。

英子因为顾及菊子，她才这样说的。

修一的妻子菊子和情妇前后怀妊，世间可能会有此等事，但发生在自己的儿子身上，信吾倒是没有料到。而且，菊子做了人工流产。

三

“看看修一在吗，叫他来一下……”

“是。”

英子掏出小镜子，犹豫了一下：“这张脸好奇怪，太难为情啦。再说，绢子小姐或许也知道我来告她的状。”

“啊，是吗?”

“如今这家商店，哪怕为这件事辞掉工作也无妨……”

“不必了。”

信吾抄起桌上的电话询问着。这房间有别的职员在，眼下他不愿同儿子见面。修一不在公司。

信吾约英子去附近一家西餐店，两人出了公司。

身个儿矮小的英子，紧挨信吾身边，抬头看看他的脸色，低声说道：

“我在您办公室工作那阵子，跟您只跳过一次舞，还记得吗?”

“嗯，你头上还扎着白色缎带呢。”

“不是的，”英子摇摇头，“我用白色缎带扎头发，那是暴风雨过后的第二天。正是那天，您问起绢子小姐的事，使我很为难，所以我记得很清楚。”

“是这样啊。”

可不是吗，信吾想起来了，那天他从英子口中听说，绢子沙哑的嗓音很性感。

“那是去年九月，自那之后，修一的事也让你操碎了心。”

信吾出来没有戴帽子，头皮晒得热辣辣的。

“丝毫不起作用呀。”

“是我没能让你发挥作用，我们这个家令我很惭愧啊。”

“我很尊敬您。离开公司后，反而越发怀念了。”英子的语调很奇妙，吞吞吐吐好半天，这才接下去，“我对她说：‘你不能生下来。’绢子小姐一副‘你神气什么’的样子说：‘这事儿你不懂，你知道什么呀?请你不要多管闲事!’最后她又说：‘这是我自己肚子里的事……’”

“嗯。”

“绢子小姐对我说：‘是什么人叫你跑来对我说出这样的怪话?要是想要修一君和我分手，只要修一君提出来就行，我也只得分手。但生孩子是我自己的事，谁都管不着。至于生下来是好是歹，有本事你问问我肚子里的胎儿看吧……’绢子小姐看我年轻，对我冷嘲热讽。但她反而对我说：‘请你不要嘲笑人！’绢子小姐或许要生下那个孩子。后来仔细想想，她和那位战死疆场的前夫没有生过孩子。”

“嗯？”

信吾边走边点头。

“也可能我招惹了她，她才那么说。她也许不打算把孩子生下来。”

“多长时间了？”

“四月怀胎。我倒是没注意，店里人都知道……据说老板也问清了详情，规劝她不生为好。绢子小姐手艺好，要是因为生孩子而辞掉工作，那真是太可惜啦。”

英子一只手支着半边面颊说道：

“我不知内情，只是来通报一下，请您同修一君商量商量看吧……”

“嗯。”

“您要是想见绢子小姐，还是早一点好。”

信吾也在考虑这事，正巧英子也提到了。

“那个上次来过公司的女子，还和绢子小姐住在一起吗？”

“是池田小姐。”

“是的，她们谁大？”

"看样子，绢子小姐比池田小姐要小两三岁。"

饭后，英子跟着信吾走到公司门口，微笑着几乎要哭了。

"失陪啦。"

"谢谢。你现在就回商店吗?"

"是的。绢子小姐近来大都是提前下班，她在店里待到六点半回家。"

"我总不能去你们店里啊!"

英子似乎敦促信吾今天和绢子见面，这使他很郁闷。

信吾也不忍心回镰仓家见菊子。

当初菊子做流产手术，是因为她的洁癖，她不能接受在修一有情妇的情况下生孩子。可她肯定从未想过修一的情妇会怀孕。

信吾知道菊子做手术的事后，菊子在娘家住了两三天，回来后夫妻关系显得很和谐，修一每天很早回家，对妻子体贴入微，这究竟是怎么回事呢?

从好里说，修一也许对一心想生孩子的绢子也很头疼，想远远躲开她，以此表达对妻子的歉意。

然而，信吾的脑海里始终笼罩着一种不祥的颓废与背德的腐臭。

他想，甚至胎儿的生命也浸染着魔力，这感觉究竟是从哪里产生的呢?

"生下来是我孙子吗?"信吾自言自语。

画 | 恩地孝四郎

蚊群

一

信吾沿着本乡大道大学一侧走了好半天。

他从商店一侧下车，绢子的家就在这边的短巷里，但他故意穿过电车线，走到了对面。

为了去儿子情妇家，信吾苦苦犹豫了很久。这是听到绢子妊娠后的第一次相见，信吾怎么好断然说出“莫把孩子生下来”之类的话呢？

“这不就是杀人犯吗？用不着弄脏老人的手。”信吾独自嘀咕着。

“不过，一切的解决都很残酷。”

解决应该是儿子的事，由不得父母插手。信吾不曾和修一商量一下就到这里来了，这证明他已经不再相信儿子了。

究竟打从何时起，父子之间产生了意想不到的隔阂呢？信吾百思不解。到绢子家中一事，与其说他代替儿子前来解决问题，毋宁说他可怜菊子，为了菊子愤然而起，不是吗？

火烈的夕阳，仅仅残留于大学树林的梢顶，人行道上却是一片清阴。身穿雪白衫裤的大学男生们，与女同学们一起坐在校园内的草坪上，令人联想到这是个梅雨暂晴的天气。

信吾向脸上抹了一把，酒醒了。

离绢子下班还有一段时间，信吾随即约了别的公司的朋友，去西餐店吃晚饭。因为是久未见面的朋友，忘记了对方是个酒豪。未上二楼餐厅前，就在一楼酒馆豪饮起来。信吾也稍稍喝了一点，其后又坐在酒馆里。

“怎么，这就回去吗？”朋友不由一愣。朋友说，因阔别已久，估计会有好多话说，所以事先向筑地那里打了电话。

信吾对那位朋友说，他要去见一个人，约莫一小时光景。说罢，走出那家酒馆。朋友在名片上标上自己筑地的住址和电话，交给信吾。信吾不打算去他家里。

他一边沿着学校的围墙行走，一边寻找马路对面小巷的入口。虽然有点记忆模糊，但并没有走错路。

跨入朝北的晦暗的玄关，粗劣的鞋柜上放着一盆西洋花草，挂着一把女用蝙蝠伞。

厨房里走出一位穿围裙的女子。

“哎呀!”她表情僵硬，脱去围裙。深蓝色的裤子，光着脚。

“是池田小姐吧？您曾去过我们的公司……”信吾说道。

“啊，那次是英子小姐带我去的，太失礼啦。”

池田将围裙团成团儿握在一只手里，跪坐地上，朝信吾瞧了一眼，似乎问他有何贵干。她的眼角也有些雀斑，大概因为没有粉脂气的缘故，雀斑较为显眼。细鼻梁，单眼皮，虽然略显单弱，但却有着一副白皙而端正的面孔。

崭新的上衣依然出自绢子小姐之手吧？

“我是来见见绢子小姐的。”

信吾似乎求她帮忙。

“是吗？她还没有回来呢，快要下班了。请进来坐一会儿吧。”

厨房里飘来煮鱼的香味。

信吾本打算等绢子回家吃过晚饭之后再来，但池田好意难却，他随之走入客厅。

八铺席的房间，壁龛里堆积着时装书籍，外国流行杂志也很多。一旁站立着两个法国偶人。装饰性的衣服的颜色，与古旧的墙壁很不协调。缝纫机上耷拉着正在缝纫的衣服，这种艳丽的花纹也越发反衬出榻榻米上的杂乱无章。

缝纫机左侧放着一张小桌，桌面上摆着小学课本、男孩儿的照片。

缝纫机和小桌之间放着一张镜台，后面的壁橱前立着一面大穿衣镜，十分显眼。或许绢子将做成的服装先在自己身上比试一下，对着镜子瞧一瞧；也可能是做些私人活计，为顾客先试试半成品用的。穿衣镜旁边安设着一架大熨衣台。

池田从厨房里端来了橘子水。她看到信吾正在盯着男孩子的照片，直截了当地说道：

“他是我儿子。”

“是吗？上学了吧？”

“不，孩子不在这里，我让他留在丈夫家里了。那些书嘛……我不像绢子小姐有份工作，我只是干点儿家庭教师之类的事，有六七家呢。”

“是吗？看起来不只是一个孩子的教科书啊。”

“是的，我教的是各个年级的孩子……和战前的小学大不一样啊。教书，我教得不是很好，只是和孩子们一起学习，有时觉得似乎和自己的孩子在一起……”

信吾只是点头，面对这个战争寡妇，他无话可说。

就连绢子都有工作。

“您怎么知道这个地方的呢？”池田问，“是修一君告诉您的吗？”

“不，以前来过一次，不过没进来。好像是去年秋天。”

“哦，去年秋天？”

池田抬起头看看信吾，又低下眉来。她沉默了一会儿。

“最近，修一君没来过呀。”她似乎顶撞了一句。

信吾忖度着，该不该告诉池田他今天来这里的目的。

“听说绢子小姐怀孕了。”

池田突然耸动一下肩膀，朝着自己孩子的照片瞥了一眼。

“她打算生下来吗？”

池田继续瞧着自家孩子的照片。

“这事儿请直接问绢子小姐吧。”

“那倒是的，不过这么一来母亲和孩子都会很不幸啊。”

“绢子小姐不管生不生孩子，说不幸倒也确实不幸。”

“不过你也劝过她要和修一分手吧？”

“是呀，我也是这么想……”池田说，“可是绢子小姐比我倔强，她不听我的规劝。我呀，虽然和绢子小姐性格大不一样，但两人很合得来。自打战争遗孀会上认识后，我们就一道生活了。她经常鼓励我。我俩既离开了婆家，也不回娘家，乐得个自由之身。我俩都向往自由，丈夫的照片带是带来了，塞进了箱子；反倒把孩子的照片找出来，摆在桌面上……绢子小姐看了很多美国杂志，也利用字典看法国杂志。据她说，都是关于西式剪裁的，文字很少，大都能看明白。估计不久她也会自己开店吧。我们俩明明也谈到过，要是能再婚就再嫁一次吧，但我始终弄不明白，绢子小姐为何要同修一君泡在一起呢?”

门开了，池田立即走出去了。她的声音信吾也能听见。

“您回来了？尾形君的父亲来啦。”

“找我的吗?”声音嘶哑。

二

绢子似乎去厨房喝水，传来水龙头的响声。

“池田小姐，你也来吧。”绢子回头招呼着，走了进来。

一身华丽的西装和裙子，或许身个儿高大，信吾看不出她是否怀孕。他难以想象，绢子小巧而微细的樱唇之间，竟会吐露出嘶哑的嗓音。

客厅里有镜台，她像是用小粉盒匀过脸进来的。

信吾初见绢子并没有留下不好的印象，正中略显低平的桃园脸，也不像池田所说的那般意志倔强。两手胖乎乎的。

“我姓尾形。”信吾说。

绢子没有回应。

池田进来了，她坐在小桌前，面对着这边。

“客人等你很久啦。”池田说罢，绢子依旧沉默不语。

绢子明朗的容颜，或许因为没有露骨地显现出反感和困惑的缘故，反而是要哭的样子。信吾回想起在这个家里，修一喝得烂醉，逼使池田唱歌时，绢子啼哭的情景。

看来，绢子是沿着酷热难耐的大街急匆匆赶回来的，她满脸火红，高隆的前胸一起一伏。

信吾很难说些带有刺激的话语。

“来访的是我似乎有点奇怪，但我必须来见见面……你可以想象出我是为了什么事。”

绢子依旧不作回答。

“自然是为了修一的事。”

“要是修一君的事，没有什么好说的。要我道歉吗？”绢子愤然咬住不放。

“不，道歉的应该是我。”

“我已经同修一君分手了，不会再给你们家添麻烦啦。”

接着，绢子看看池田。

“好了，这样可以了吧？”

信吾吞吞吐吐老半天，问道：

“你不是留下个孩子吗？”

绢子的脸色蓦然变得苍白起来，憋足浑身力气说道：

“您都说些什么呀？我听不明白。”她声音低沉，嗓子更为嘶哑。

“对不起，你不是有身孕了吗?”

“这种事儿，我非得回答您不可吗？一个女人想要个孩子，旁人又怎能阻止呢？男人又怎么会明白呢?”

绢子只顾滔滔不绝说下去，早已热泪盈眶了。

“你说旁人，我可是修一的父亲，你的孩子也是有父亲的呀。”

“没有。战争寡妇下决心生个私生子罢了，我别无所求，只求您让我把孩子生下来。您还是发发慈悲放过我吧。孩子在我肚子里，是属于我的。”

“那倒是的，不过你将来结婚，也还是要生孩子的……即使不生下这个不自然的孩子……”

“您以为不自然吗?”

“不。”

“今后我不一定会结婚，也不一定会有孩子。您是在作神灵般的预言吗？以前，我没有孩子啊。”

“说到你和孩子父亲的关系，不论对你还是对孩子，都会带来痛苦。”

“战死的人的孩子有的是，都给母亲造成痛苦。战争期间去了南方，把混血儿留在了那里，这么想就行了。女人们把男人远远忘掉的孩子抚养成人。”

“我是说修一的孩子。”

“府上可以不闻不问，我发誓，我绝对不会哭求你们。

而且我已经同修一君分手了。”

“不能那么说，孩子未来的时间很长，父子情缘割也割不断。”

“不，不是修一君的孩子。”

“你也许知道，修一的媳妇还没有生过孩子。”

“少奶奶想生多少就可以生多少。不生个孩子总要后悔的。生活优越的她不会理解我的心情。”

“你也不理解菊子的心情。”

信吾无意中说出了菊子的名字。

“是修一君让您来找我的吗?”绢子一副诘问的口气，“修一君叫我不要生孩子，他打我、踩我、踢我，为了拉我去找医生，把我从楼上拖下来。他变着法儿对我施行暴力，以此对少奶奶表达夫妻情缘，不是十分充分吗?”

信吾一脸苦涩的表情。

“对吧，太凶恶啦。”绢子回头看看池田，池田点点头。

“绢子小姐眼下把做西服剪裁的能用的碎布片积攒起来，打算为孩子缝尿布之类的呢。”池田对信吾说。

“因为被脚踢，担心胎儿，后来找医生看了。”绢子接过话头，“我对修一君说了，这不是修一君的孩子。不是你的孩子。就这样，我们分手了，他也不来了。”

“这么说是别人的?”

“是的。您这么理解也可以。”

绢子仰起脸，她一直泪流不止，如今新的泪水又沿着面颊潸潸流淌。

信吾困顿难支，眼中的绢子愈加显得长相秀气。他仔细审视着她的五官，虽然谈不上端庄婧丽，但立即给信吾留下一个美人的印象。

然而，像绢子这类女子，并非因为温柔可亲而使信吾靠近一步。

三

信吾垂头丧气地离开绢子的家。

绢子接受了信吾开具的支票。

“你呀，要是真想和修一君分手，还是接受的好。”池田淡然地说，绢子点点头。

“是吗？这算是分手钱，我成了领取分手钱的人了。要不要写收据？”

信吾叫了一辆出租车，他难以判断，是让她和修一言归于好，并同意去做人工流产；还是就此不再与她来往。

绢子似乎对修一的态度和信吾的来访颇为反感，愤愤难平。一个女人希望有个孩子的悲切的愿望十分强烈。

再让修一接近她也很危险。不过，这样下去，她就会把孩子生下来。

倘若像绢子所说的，是旁人的孩子也好，可修一也弄不明白。绢子一时意气用事，修一简单相信了她，其后不再闹事，倒落得个天下太平；但出生的孩子俨然存在，哪怕自己死后，陌生的孙子还活着。

“这叫什么事啊!”信吾嘀咕着。

相原和情妇居心殉死，便急忙提出离婚。信吾领回了女儿和他们的两个孩子。修一即便同女人分手，孩子总是存在于某个地方，不是吗？这两桩事都谈不上彻底解决，不过是临时凑合罢了。

自己没有对任何一方的幸福发挥作用。

另外，和绢子对话时自己糟糕的言谈，也不愿再回想一遍。

信吾本打算从东京车站回家，但发现口袋里朋友的名片，便乘车绕到筑地住宅小区。

他想向朋友诉说一番，不过朋友同两位艺妓喝醉了，不像样子。

信吾回忆起有一次宴后坐车回家，坐到了他腿上的那位年轻艺妓。那女孩子一来找他，朋友就议论开了，什么不可轻视啦，很有眼力啦之类，净是些不入流的话题。长相记不住了，倒是记住了她的芳名。因为在信吾眼里，那是一位极为出众的可爱而高雅的艺妓。

信吾领着女孩子进入小房间，他什么也没干。

无意之间，女人亲密地将粉脸靠在信吾的胸脯上了。信吾看她似乎在谄媚，但早已睡着了。

“睡了?”信吾瞅了一眼，因为靠得太近，看不见她的脸。

信吾笑了。他在这个紧贴胸前、静谧入睡的女孩子身上，感受到温情的抚慰。她比菊子小四五岁光景，大概不到二十岁吧。

大凡娼妓都有着一份悲惨的灵魂，但这个小小年纪的女子依偎在他怀里安睡，使他感受到一种温馨的幸福。

他想，所谓幸福，或许就是瞬间即逝的渺茫之物。

信吾朦胧地觉察到，性生活中大概也包含着贫与富、幸福与不幸吧。信吾悄悄摆脱出来，乘上末班电车回家了。

保子和菊子还未就寝，婆媳俩坐在餐厅里等着。一点多了。

信吾有意避免看菊子的面孔，他问：

“修一呢?”

“他先休息了。”

“是吗？房子也睡了?”

“是的。”菊子一边整理公公的西装，一边回答，“今天晚间天气还好，眼下或许又阴下来吧。”

“是吗，我没注意啊。”

菊子站起身来时，手里信吾的西装掉落在地上，她又把裤子的褶痕抻了抻。

似乎去了美容院，信吾发现菊子的头发变短了。

听着保子的呼吸声，信吾难以成眠，入睡后立即做起梦来。

梦中，他成了一名年轻的陆军将官，全身戎装，腰插一把日本刀，佩带三把盒子枪。军刀曾给修一出征时使用过，据说是传家宝。

信吾走在夜间山路上，身后跟着一位樵夫。

“夜路危险，很少有人夜间出行。走在右侧比较安全。”樵夫对他说。

信吾随即转到右侧，他感到不安，打起手电。手电的玻璃周围镶满宝石，闪闪夺目，比一般手电明亮多了。视野明亮后，发现眼前一个黑魆魆的东西挡住去路。两三棵大杉树树干连在一起。但仔细一看，原来是蚊群聚合在一起。蚊群形似巨树，怎么办呢？信吾思索着。穿过去！信吾拔出日本刀，朝着蚊群东劈一刀，西砍一刀，挥舞不停。

蓦然回头一看，樵夫连滚带爬地逃走了。信吾的军服各处都起火了，好奇怪，信吾因而变成两个人。另一个信吾，眼睁睁瞧着军服着火的信吾。火苗沿着袖口、肩膀弧线、末端等处，明灭闪烁，不是燃烧，而是以纤细炭火的形态，发出毕毕剥剥的响声。

信吾终于回到自己家里，童年时代信州乡下老家，他也见到了保子美丽的姐姐。信吾非常疲倦，但丝毫不觉得瘙痒。

逃脱的樵夫不久也抵达信吾家中，他一到达，随即昏倒在地。

信吾从樵夫身上，捕捉到满满一大铁桶蚊子。

不知是如何捕捉的，信吾明明白白看到满铁桶蚊子。他醒了。

“蚊帐里进蚊子了吧?”他想侧耳静听，脑袋却模糊、沉重。

下起雨来了。

蛇蛋

一

刚入秋，还残留着夏天的劳顿吧，信吾在回家的电车上有时候迷瞪着了。

下班时间的横须贺线，每隔一刻钟发车一次。二等车并不那么拥挤。

信吾如今还是迷迷糊糊很不清醒，朦胧的脑子里浮现出洋槐树的林荫路。那些洋槐树顶端全都挂满花朵，信吾走在那里时，心想，东京的洋槐树林荫路也开花啊。这段路自九段下通往皇居护城河方向。八月中旬，下着小雨的一天，林荫路中只有一棵洋槐树，下面柏油路上撒满落花。这是怎么回事呢？信吾在车厢里回头张望，印象很深。那是青黄色的小小花朵。纵使没有那一棵树落花，洋槐树林荫路开花这一印象，也会留在信吾的脑子里。因为这是他在去医院探视一位患肝癌的朋友之后归来的途中。

说是朋友，其实是大学时的同班同学，平素不大来往。

他看起来相当衰弱，病房里只有一位随身护士。

信吾也不知道这位同学的妻子是否健在。

“能见到宫本吗？即使见不到，也请给他打个电话，托他弄到那个东西好吗？”

“那个东西？”

“过年同窗会上谈起过的那种东西。”

信吾想到了氰化钾。看起来这位病人已经知道自己是癌症了。

在信吾这帮年过六十的老人的集会上，老年痴呆和恐癌心理是谈论的主题。有人说，宫本的工厂里使用氰化钾，因而，一旦患上不治之症，可以向他要点儿那种毒药。因为受不了疾病长期的残酷折磨。再说，一旦被宣布死刑，自己应该有选择死于何时的自由。

“不过那是喝酒时趁着酒兴闲扯的话啊。”信吾不太愿意说下去。

“不用，我不会用的。正如那时候说的，只是觉得应该有自由。有了这个，想到什么时候都可以死，就有了承受今后病痛的力量。是吧？我的最后的自由，唯一的反抗，不就是这一点吗？然而，我保证不使用。”

朋友说话时，眼里闪耀着光辉。护士编织着白色毛线衣，沉默不语。

信吾没托宫本办事，就那么放下了。但必死无疑的病人也许等着获得这种东西，信吾一旦想起就觉得厌烦。

信吾从医院回来，走到洋槐花盛放的林荫路旁，这才安下心来。刚才打盹的时候，脑子里浮现出洋槐树林荫路，依然是心里放不下病人的缘故。

然而，信吾睡着了。他突然醒来，电车停下了。

这里不是车站。

列车一旦停下，相邻的线路随即传来上行车的轰鸣。信吾或许是被震醒的吧。

信吾乘坐的列车走走停停，缓缓移动。

一群孩子顺着狭窄的小路向电车的方向跑来。

有的乘客从车窗探出头来，望望前方。

左侧窗户，可以看到工厂的混凝土围墙，围墙和线路之间有一条流淌着混浊污水的小沟，一股恶臭直接冲进列车车厢。

右侧窗户可以直直看见孩子们奔跑而来的小路。一只狗将鼻子伸进路边的青草中嗅了嗅，好半天不动。

小路和线路相交之处，有两三座旧木板钉成的小屋。洞穴般四边形的窗户，一个看样子痴呆的小姑娘，探出头来向电车招手。她的手软弱无力地晃动着。

“一刻钟前开出的电车在鹤见站出现事故，现在是临时停车。让大家久等了。”列车员说。

坐在信吾前排的外国人，摇醒年轻的伙伴，用英语问：

“他说些什么?”

青年两手搂着外国人一侧肥大的臂膀，面颊贴着那人的肩头睡着了。他醒了，依旧没有改换原来的姿势，撒娇般地抬眼看看外国人。青年睡眼惺忪，红红的，眼窝凹陷。染着满头赤发，发根长出些黑的，有的现出黄褐色，脏兮兮的。唯独发梢是异样的红色。信吾想，他或许是专门瞄准外国人的男妓。

青年把外国人放在膝头的手掌翻过来，掌心向上，再把自己的手叠上去，轻柔地握住，宛若一位心满意足的女子。

外国人穿着只到肩膀的短衫，裸露着棕熊般毛森森的臂膀。青年虽然身个儿不算太小，但外国人身高马大，青年简直就像个小孩子。外国人大腹便便，脖子肥粗，扭一下身子都觉得困难。看起来他对青年的纠缠全然无动于衷，神色惶恐不安。他满脸红润，和皮肤灰黄、精神疲惫的青年形成鲜明对比。

外国人的年龄一眼难辨，他有一个硕大的秃头，脖子上布满皱纹，裸露的臂腕上还有不少斑点。信吾想，他可能和自己的年岁差不多。信吾一想到这里，就觉得这个人像一只巨大的怪兽，来到外国就是为了征服这个国家的青年。青年穿着一件红褐色的衬衫，顶上的一只扣子敞开着，露出了胸前的骨头。

信吾觉得这个青年不久就会死去。随之移开了目光。

臭水沟两边长满一簇簇艾蒿，郁郁青青。电车依然停住不动。

二

信吾嫌蚊帐太憋闷，已经不挂了。

保子每晚叫苦连天，都要特意地打一阵蚊子。

“修一他们都还挂着呢。”

“那你就睡到他们那儿去。”信吾望着已经撤去蚊帐的天花板。

“我怎么好到他们那儿去呢？从明晚开始，我睡到房子那里去。”

“是的，还可以搂个外孙女睡。”

“里子下面还有个小妹妹，干吗还要那么缠着母亲不放呢？她该不会有什么异常吧，有时候眼神很怪的。”

信吾没有作答。

“也许没有父亲就会那样吧。”

“若能使她更喜欢你，会好一些。”

“我喜欢国子。”保子说，“您也该让她对外公更亲些。”

“相原到底是死是活，到现在都没人来说过。”

“他已经提出过离婚了，就算了结了吧。”

“了结了就算行了吧？”

“也是啊。不过，即便他活着，也不知道住在哪儿……唉，婚姻失败了，也就死心啦。但离婚时还撇下两个女儿，就到了这般田地。看来，结婚也是很难指望的一件事。”

“就算婚姻失败了，总还会保留点美好的情分吧。要说怪房子，那也确实是。相原白活了，他尝尽了痛苦。可房子呢，也没有给他什么温情。”

“男人自暴自弃，有的使女人束手无策，有的不愿接近女人。要是遭到遗弃依旧一味容忍下去，房子最后也只能带着孩子一道寻死。男人就算走投无路，会有别的女人陪他殉情。总还是有出路的。”保子说，“修一现在倒是变好了。但谁又能知道将来会怎么样呢？对这些事，菊子反应很强烈呀！”

“你是说孩子的事？”

信吾的话含有两层意思：菊子没有生小孩；绢子打算将孩子生下来。第二件事保子还不知道。

绢子说那不是修一的孩子，生不生下来不会受信吾的干涉。信吾虽然不知道是不是修一的孩子，但总觉得那女人是故意说给他听的。

“我要能钻进他们的蚊帐里睡就好了，也许我会同菊子商量商量那桩非常可怕的事哩。说起来好怕人的……”

“商量什么可怕的事啊?”

仰着睡觉的保子翻转身子面对信吾，打算握住丈夫的手心，由于信吾没有伸手，她就稍稍抓住他枕头的一端，诡秘地小声说：

“菊子啊，可能又怀上孩子了。”

“哦?”

信吾不由一怔。

“我觉得有点太快了，但房子却是这么说的。”

保子已经没有袒露自己怀孕的那种表现了。

“这是房子说的?”

“有点太快了。”保子重复道，“虽说第二胎是会快一点。”

“菊子或修一跟房子说的?”

“不是，这只是房子的观察。”

信吾认为，保子所说的“观察”这个词儿虽然有点可笑，但出自一个回娘家的活人妻房子之口，那就是房子对弟媳妇多管闲事。

“您要叮嘱她，这回可要当心了。”

信吾的心理负担更加沉重，听说菊子怀孕，绢子的孩子问题越发迫在眉睫了。

两个女人同时怀上同一个男人的孩子，倒也不算什么奇怪的事。然而，这事一旦发生在自己儿子身上，紧跟而来的就是奇怪的恐怖。仿佛某种复仇或诅咒，就会显露出地狱之相来。

从另一方面思考，这只不过是一个健康的女人极其自然的生理现象，但信吾眼下却不能做出豁达的考虑。

而且，这是菊子再次怀孕，菊子上回堕胎时，绢子已妊娠。绢子尚未生产，菊子又怀上孩子了。菊子不知道绢子怀孕，其时，绢子腹中小郎已许大，也常常有胎动之感了吧。

“这回我们也知道，菊子也不会随便对待了。”

“是啊。”信吾有气无力地应和着，“你也去好好跟菊子谈谈吧。”

“菊子给咱生的孙子，您肯定也会喜欢的啊。”

信吾毫无睡意。

是否有什么暴力手段，可以不许绢子生孩子呢？他心绪不宁，越想越浮现出凶恶的幻景来。

绢子也说了那不是修一的孩子，查一下绢子的品行，或许能发现可以获得安慰的线索。

院中的虫鸣不绝于耳。凌晨二时已过，不像是铃虫或金琵琶。净是一些叫声不清晰的虫音。信吾感觉仿佛躺在黑暗潮湿的泥地里。

这阵子多梦。临近天明又做了场长梦。

记不清走在哪里，醒来时，还能看到梦中两颗白色鸟蛋般的东西。那是一片砂礓地，别无一物。两只白蛋并排在一起，一颗像鸵鸟蛋，硕大无朋；一颗小如蛇蛋，蛋壳稍破，一条可爱的小蛇伸出头来，动来动去。信吾甚是喜欢，看了又看。

不过，因为信吾一直在考虑菊子和绢子的事，所以才做了这样的梦。至于，谁的胎儿是鸵鸟蛋，谁的胎儿是蛇蛋，他当然不知道。

“哎，蛇到底是胎生还是卵生呢?”信吾自言自语。

三

第二天，礼拜天。信吾睡到九点之后。两腿酸软。

一到早晨他才觉得那鸵鸟蛋和蛇蛋中探头探脑的小蛇都很可怕。

信吾忧心忡忡，刷完牙走进餐厅。

菊子折叠报纸，用绳子捆好。是要卖掉吗?

为了婆婆翻检方便，早报归早报，晚报归晚报，按照月日顺序，折叠得整整齐齐。这件事由菊子管理。

菊子站起来走去为公公沏茶。

“爸爸，报上有两则关于两千年莲花的报道，您看到了吗？我放在另外的地方了。”菊子一边说，一边将那两天的报纸放在小桌子上。

“啊，我好像读过了。”

不过，他还是拿过来看了一遍。

弥生时代的古代遗迹里，发现了大约两千年前的莲子。经莲子博士培养发芽，开花了。从前报纸上也报道过。信吾把报纸拿到菊了房间里给她看过，当时菊了到医院刚做完人工流产手术，正躺在床上。

从那之后，关于莲子的报道又有过两次。一次是莲子博士将莲根分开，种植在母校东京大学三四郎池子里；还有一次报道是美国的事，东北大学的某博士，从满洲泥炭层发现化石般的莲子，送到美国。在华盛顿国立公园里，将莲子硬化之后的外壳除去，包在潮湿的脱脂棉里，放入玻璃箱内。去年，长出了可爱的幼芽。

今年移栽到水池里，发出两个蓓蕾，长出淡红的花朵。据公园管理处公布，这是千年乃至五万年前的种子。

“上回读到时我就这么想过，如果说是千年乃至五万年前的种子，如此计算也落差太大了。”信吾微笑了，他仔细重读，此种说法是日本的博士根据种子发现地——满洲地层的情况想象出来的，故判定为数万年前。在美国，将种子剥掉的外层，通过碳十四放射能检验，推测为千年之前的莲子。

这是报社特派员从华盛顿发来的电讯。

“这份行吗?”菊子拿起信吾放在一旁的报纸，她的意思是，关于刊载莲子的报纸是否也可以卖呢?

信吾点点头。

“千年也罢，五万年也罢，莲子的生命是很长的。比起人的寿命来，植物种子的生命可以说是永恒的。”信吾说罢，望望菊子，“如果我们也可以埋在地下一两千年，不死而只是休息的话……”

“埋在地下……”菊子自言自语。

“不是墓穴，不是死亡，而是休憩。人真的不能埋在地底下休息吗? 睡上五万年起床，自我的困难、社会的难题，就会全部解决，世界或许也会变成乐园。”

房子在厨房里喂孩子吃东西。

“菊子，你在给爸爸做饭吧? 能不能过来看看?”房子喊道。

“哎。”

菊子站起身，端来公公的早餐。

“大家都吃过了，爸爸您一个人吃吧。”

“是吗，修一呢?”

“到鱼池钓鱼去了。”

“妈妈呢?”

“在院子里。”

“啊，今天不想吃鸡蛋了。”信吾说着，随手把盛有生鸡蛋的小盘子递给菊子。一想到梦中的蛇蛋就感到很恶心。

房子端来一盘烤鲽鱼干，一声不响地放在矮桌上，又去孩子身边了。

信吾接过菊子手里盛满米饭的饭碗，声音虽小，但劈头就问：

“菊子啊，你要生孩子了？”

“没有啊。”

菊子仓促地回答，对信吾出乎意料的提问有些惊讶。

“没有，那是不可能的事。”她摇摇头。

“确实没有，是吧？”

“是的。”

菊子对公公的提问感到莫名其妙，看了看他，立即涨红了脸颊。

“这回可要重视了。上次我也问过修一，下回能保证菊子可以再生吗？他很简单地回应我说，可以保证。我说他，其实这是天不怕地不怕不负责的说法。他连能不能活到明天都难以自保，不是吗？孩子无疑是你们小两口的孩子，也是我们的孙子啊！菊子一定会生下一个好孩子的。”

“真是对不起呀。”菊子颇为惭愧地说。

看来菊子不像是想隐瞒什么。

房子为何要说菊子怀孩子了呢？信吾很怀疑，房子的臆测似乎太过分了。房子觉察到了，菊子本人尚不知晓，天下哪有这等事？

刚才这事厨房里的房子有没有听到呢？信吾回头看看。房子似乎带着孩子外出了。

“修一怎么突然要去鱼池钓鱼呢？以前从未有过啊。”

“是的。可能是听朋友说的吧。”菊子说。信吾依旧记挂着修一到底有没有和绢子分手。

因为礼拜天修一也曾去过那女人的家。

“等会儿要不要去鱼池看看？”信吾邀菊子一起去。

“好啊。”

信吾走下院子，保子仰头望着樱树梢头站立着。

“怎么了？”

“没什么，樱树叶子大都枯落了，不知是不是招虫子了。我以为树上还有蝉在叫呢，其实已经没有叶子了。”

正说着，发黄的叶子簌簌散落。没有风，也不见翻动，垂直地飘落下来。

“你听说修一去鱼池钓鱼了吗？我想带菊子去看看。”

“是去鱼池吗？”保子转过头来问。

“我问过菊子了，她说根本没有那回事儿。看来是房子胡乱猜疑。”

“是吗？您问过她了？”保子随口问了问，“真叫人扫兴啊。”

“房子干吗一味地凭想象呢？”

“谁又能知道呢?”

“我想知道答案啊。”

老两口回到屋子里，看见菊子身穿白色毛衣，套着袜子，坐在餐厅里等待着。

她稍稍涂红了面颊，看似一个生菩萨。

四

电车玻璃窗倏忽映出一片绯红，是曼珠沙华。这花开在铁道边的土堤上，电车通过时，花朵摇曳，近在目前。

信吾发现，户冢的樱花林荫路土堤也满是一排排曼珠沙华。刚刚盛开，一派艳红。

看到这些鲜红的花朵，令人想起秋天原野宁静的早晨。

还看到了芒草新生的穗子。

信吾脱去右脚的鞋子，将右脚放在左腿膝盖上，揉搓脚心。

“不舒服吗?”修一问。

“腿脚无力，近来登上车站台阶，有时两腿酸软。不知怎的，今年明显体力下降。到了一定岁数，总觉得活不了多久了。”

“菊子她一直担心您，说爸爸实在太累了。”

“是吗? 因为我跟她说，真想钻入地下睡上五万年呢。”

修一带着一副怪讶的神色看着信吾。

“那是莲子的故事。报纸上报道说，太古时代的莲子发芽开花了。”

“啊?”修一点上一支香烟，“菊子听到爸爸您问起生孩子的事，她似乎有点难为情。”

“怎么样了?”

“还没有吧。”

“不谈这个了，我问你，绢子这个女人的孩子到底怎么回事?”

修一一愣，立时语塞，仿佛顶撞似的说：

“听说爸爸去了她家，还给了她一笔安慰费，没有这个必要啊!”

“你怎么知道的?”

“我是间接听说的。我已经同她分手啦。”

“孩子是你的吗?”

“绢子自己一口咬定不是我的。她……”

“不论对方怎么说，你凭着自己的良心回答，到底是不是?”信吾的声音颤抖起来。

“凭良心，我也弄不明白。”

“什么?”

“我一个人吃苦，不在乎。可女人一旦铁了心，像疯子一般，我哪里对付得了呢?”

“人家比你还苦，菊子也一样。”

“不过，自打分手之后，我觉得至今为止，绢子依然是绢子，她一个人活得很自在。”

“那就算完了吗？你真的不想知道那是不是你的孩子，还是良心上明白又不敢承认呢？”

修一没有回答，只顾一个劲儿眨巴眼睛。作为男人，他有一双过于漂亮的双眼皮。

公司里信吾的办公桌上，放着一张画着黑框框的明信片。是那位患肝癌的朋友，身体衰弱而死，似乎过早了些。

有人送他毒药了吗？也许他托付的人不止信吾一个；他也可能通过别的办法自杀身亡。

还有一封信函是谷崎英子寄来的。信里写道，她已经辞去那家西服裁缝店，跳槽到另一家商店去了。绢子比英子稍后也辞职了，听说回沼津了。她跟英子说过，她说东京很难混日子，打算在沼津开个私家小店铺。

英子信里虽说没有提及，但信吾猜想，绢子可能躲到沼津生孩子去了。

难道真的像修一所说，绢子既不靠修一，也不靠信吾，就可以自由生活下去吗？

信吾望着映照在玻璃窗上的明丽的阳光，心里一派茫然。

同绢子住在一起的那个姓池田的女子，孤身一人，不知怎么样了。

信吾也很想见见池田或英子，问问绢子的情况。

午后去吊唁故友，其妻七年前已经辞世。信吾这次才知道。他长年和长子夫妇住在一起，家中有五个孙子孙女。儿孙辈都不太像死去的朋友。

信吾怀疑朋友是自杀，这事自然是不好问的。灵前摆满鲜艳的菊花。

信吾回到公司，同夏子一起翻阅材料的时候，不料菊子打来电话。信吾不知发生了什么事，他很感不安。

“菊子，你在哪里？在东京吗？”

“是的。我到娘家来啦。”菊子笑声朗朗，“母亲有事找我商量，回来一看，啥事儿也没有。她说有些寂寞，很想见见我。”

“是吗？”

信吾心里立即浸入一股暖流。或许因为菊子电话里的声音如妙龄少女一般娇媚无比，但又似乎不光是这一点。

“爸爸，该下班了吧？”

“是的。娘家人他们都好吗？”

“都好。我想同您一起回家，所以先打个电话来。”

“是吗？菊子，你可以再待些时候嘛。这里我可以跟修一说说。”

“不，我该回家了。”

“那么说，你来趟公司吧。”

“我可以去吗？我本想到车站等着的。”

“到这儿来吧，我和修一联络一下。爷儿仨吃完晚饭再回家。”

“听说他到什么地方去了，不在座位上。”

“是吗？”

“现在马上就走，我已经做好出发的准备了。”

信吾的眼皮潮温温的，窗外的大街立即看得清晰起来了。

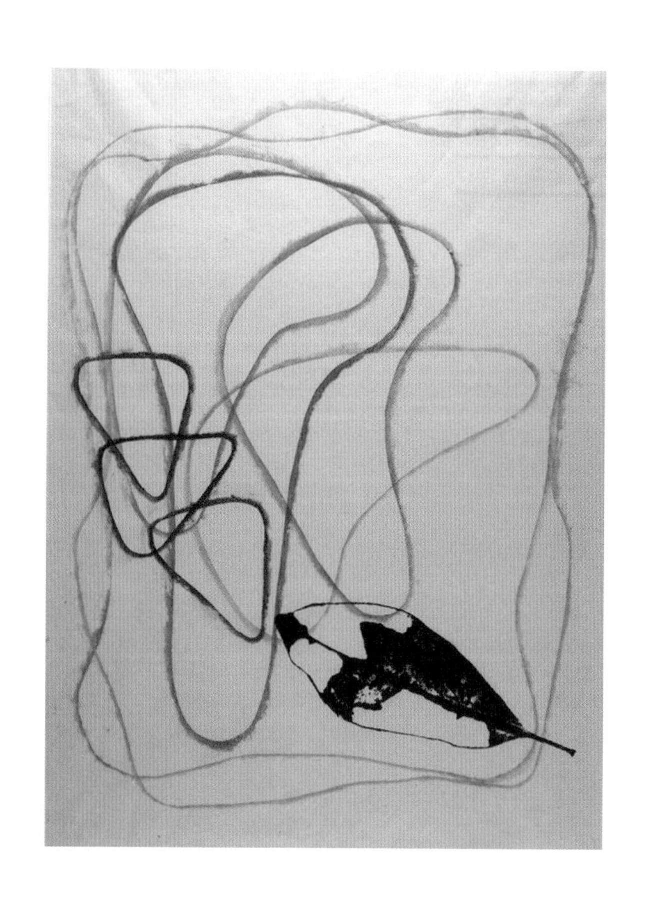

画 ｜ 恩地孝四郎

秋鱼

一

十月早晨，信吾正打着领带，突然停下手来：

“哎？这个……”

他停下手来，脸上现出困惑的神色。

“怎么回事？”

打了一半又解开来，再重新打，却怎么也打不起来。

他拽住领带的两端，举到胸间，歪着头瞧着。

“爸，您怎么了呀？”

菊子站在公公背后一侧，准备帮他穿上装，这时转到前边来。

“打不起来领带了，忘记怎么打了，真好笑。”

信吾用拙笨的办法将领带慢慢卷到手指上，想把另一头穿过去，结果缠成一团了。他似乎一直觉得好奇怪，但眼神里却显现出阴郁的恐怖和绝望。这些使得菊子深感惊讶。

“爸爸!”她喊叫了一声。

“怎么打领带来着?”

信吾似乎连回想的力气也没有了，他呆然兀立。

菊子看不下去了，她把公公的上装搭在一只腕子上，走近他胸前。

“怎么打呀?”

菊子手持领带，她的玉指在信吾的老花眼里朦胧可见。

“偏偏忘记了怎么打。”

“爸爸每天不都是亲自打的吗?”

“是呀。”

四十年公司生涯，每天都要打领带，今早怎么突然不会了呢?即使不特别思考打结的步骤，手也会自然运动，无意中也就结成了。

信吾突然觉察到自己意识的丧失与身体的衰老。他有点恐惧起来。

“我每天虽说都看到您在打，可是……”菊子一脸认真的表情，将公公的领带一遍又一遍时而卷起来，又时而拉直。

信吾任她摆弄。内心里朦胧升起一丝幼年时代寂寥撒娇的感情。

四围飘荡着菊子的发香。

菊子蓦地停住手，飞红了两颊。

“我不会呀。”

“修一呢？你没有帮他打过吗？”

“没有。”

“只是在他喝醉酒回来时，帮他解过领带吗？”

菊子稍稍离开些，她一边带着紧张的心情，一边凝神注视着信吾挂在脖子上的领带。

“妈妈或许知道的。”她舒了口气，“妈妈，妈妈！”菊子高声呼喊。

“爸爸说忘记怎么打领带了……请过来一下好吗？”

“又怎么啦？”

保子带着一副呆呆的表情走来了。

“自己打不就好了？”

“爸爸说忘记如何打了。”

“一不小心就弄不明白了，好奇怪啊。”

“那确实奇怪哩。”

菊子让到一侧，保子站到信吾面前。

“哎呀，我也不会呀。忘记怎么打啦。”保子边说边拿着领带，轻轻向上杵了一下丈夫的下巴颏儿。信吾闭着眼睛。

保子想尽办法为丈夫绾结领带。

信吾被迫扬起面孔，或许后脑勺受到挤压，似乎一下子意识不明起来。两眼金星闪烁，仿佛晚霞照耀着巨大雪崩后的团团冰雾，似乎听见阵阵轰鸣。

难道发生了脑溢血吗？信吾吓得猛然睁开眼来。

菊子屏住呼吸，注视着婆婆两手的动作。

从前，信吾在故乡的山顶看见过雪崩，幻觉中出现了当年的情景。

“这样子行吗？”

保子结好领带，又整了整形状。

信吾伸手一摸，碰到妻子的手指。

“啊。”

信吾想起来了。大学毕业后第一次穿西装时，当时给他打领带的，是保子那位俊俏的姐姐。

信吾仿佛有意躲避婆媳二人的目光，转脸看着西服衣橱的镜子：

“这样可以了。哎呀哎呀，老糊涂了，连领带都突然不会打啦！真叫人丧气！”

信吾盯着保子结好的地方，随之想起新婚时，是否也请她给打过领带呢？可是怎么也想不起来了。

姐姐死后保子去帮助处理善后，是否也给她那位英俊的姐夫打过领带呢？

菊子趿拉着一双木制凉鞋，担心地送公公到大门口。

“今晚上呢?”

“没有集会，会早些归来的。”

“请早些回家。”

电车抵达大船一带，透过车窗可以望见秋天晴空下的富士山。信吾用手摸摸领带，左右相反了。左边留得很长，卷起来打着结子。保子站在自己对面，她弄错了方向。

“怎么搞的呀?”

信吾解开领带，顺利地重新结好了。

刚才全然忘记领带打法，说给谁听人家都不会相信。

二

近来，修一和父亲二人一道回家的日子也不少。

每隔半小时发一趟车的横须贺线，到了晚间改成一刻钟一趟，有时反而空席多了起来。

在东京站，信吾和修一父子并排而坐，前边座席上坐着一个年轻女子。

“拜托了，请照看一下。”她向修一说着，将红皮翻皮手提包搁在座位上，站起来了。

“两个人吗?”

“啊。”

年轻女子回答暧昧。涂着厚厚白粉的脸孔毫无羞愧之色，早已转身到月台上去了。一件颇为合体的海蓝色大衣，将细削的双肩两厢耸起，向下流动的曲线，衬托出小蛮腰愈加妩媚动人。

信吾对于修一一眼就能看出是两个人甚为佩服，他觉得儿子很机灵。他怎么知道那女子去等待所约之人呢？

信吾听儿子这么说后，也觉得女子是去看那个同伴来了没有。

女子坐在信吾正前排车窗一侧，她为何先跟修一打招呼呢？或许是站起身时直接面向了修一，但修一也许确实使得女人更加容易接近吧。

信吾望着儿子的侧影。

修一在阅读晚报。

不一会儿，年轻女子回到车厢内，抓住车门入口，再次回头环顾一下月台。相约的人似乎没有来。回到座席上来的身穿浅色大衣的女子，从肩头到衣裾，步履翩然，胸前一颗硕大的纽扣。衣服的口袋开得既靠前又很低，女子一只手插进口袋，风摆荷叶。看样子，缝纫有方，尤为合体。

与离开时不同，这回她坐到修一前边。从她三次回头望着车厢入口来看，她是想尽量坐在更靠近通道，并且易于观察入口的位置上。

信吾前边的座席上，放着女子的手提包。椭圆形式样，呈圆筒状，宽阔的金属卡扣。

钻石的耳坠子，像是仿制品，闪闪放光。女人紧绷着的脸孔上，长着一个显眼的大鼻子。樱桃小口，稍嫌吊起的浓黑而短小的秀眉，美丽的双眼皮，两条眼线未到眼角就消隐了。下巴颏内收，别是一种美人。

眼睛稍含倦怠与郁悒，猜不出芳龄几何。

入口处传来一阵骚动，年轻女人和信吾一起朝那边张望。只见四五个汉子扛着巨大的枫树枝干走入车厢。看样子是旅行归来，他们都很兴奋。

看到那枫叶的艳红之色，信吾想是寒冷地带之物。

从男人们毫无顾忌的大声谈话中，信吾知道那是越后山里的枫叶。

“信州的枫叶也正是泛红的时候吧？”信吾问修一。

然而，信吾想到的枫叶不是故乡山野的红叶，而是保子的姐姐佛坛上巨大的红叶盆栽。

不用说，那时候修一尚未出生。

电车里点染了季节色彩，信吾出神地凝视着座席上的红叶。

信吾突然回过神来，发现那位年轻女子的父亲就坐在他的前边。

女子是等待父亲啊，信吾也安心下来。

父女两个都长着大鼻子，并排坐在一起显得很滑稽。

他们脖颈的发际也完全一样，父亲架着一副黑边眼镜。

父女二人似乎互相都漠不关心，既不说话，也不看对方一眼。父亲直到品川站前都在打盹，女儿也闭目养神。在别人眼里，两人连睫毛都长得酷似。

修一和信吾的长相就不太相像。

信吾时时等待着，很希望那对父女彼此说上一两句话，但他们父女互不理睬，形同陌路，信吾心里又有点羡慕。

或许家庭很平和吧。

因此，年轻女子一人从横滨站下车时，信吾心中猛然一惊。看来，他们哪里是父女血亲，而是素不相识的陌生人。

信吾十分失望，满心悲凉。

邻座的男子眯细着两眼望着电车开出车站，继续毫不在乎地打盹儿。

年轻女人一走，那个中年男人一副松散的神态，立即突显在信吾眼前。

三

信吾用腕子悄悄触及一下修一。

“不是父女啊。”他低声说。

修一没有像老子期待的那样，他毫无反应。

"看到了，还是没看到？"

修一"嗯"的一声点点头。

"好奇怪啊。"

修一似乎并不觉得奇怪。

"长相好像啊。"

"是的。"

虽说男人睡着了，电车也在轰鸣，但对眼前的人也不能大声议论。

这样盯着人家也不好。信吾低伏眉头，满心寂寥。

他本觉得那男子很孤寂，不久，此种凄清之感反而潜入信吾自己心底。

电车行进在保土谷站和户冢站之间的远距离线路上①。长空秋暮。

男子似乎比信吾年轻，五十过半的样子。在横滨下车的女子，年龄大致和菊子相仿。但同菊子一双美丽的眼眉相较大不一样。

然而，信吾在思忖，那女子为何不是这个男子的女儿呢？

信吾的疑惑越发深沉了。

社会上，有些人看起来酷似父母子女，但这样的人毕

---

① 其间后来似乎增设了东户冢车站。

竟不多。对于那个女子来说，和她长相酷似的也许只是这一个男人；同样，对于这个男子来说，同他长相酷似的也许只是这一个女子。他们相互都是唯一酷似对方的男女。抑或类似这两个人的情况，世界上仅此一双。但他们各自毫不相干地活着，彼此没有任何联络，做梦都不会想到存在个“对方”。

这样的男女二人在电车上不期而遇，首次有了交集，不大会有第二次。漫长人生，只不过半小时。没有交谈一句就又各奔东西。相邻而坐，互不相识。既不看对方一眼，更无感于彼此长相酷似。奇迹之人相互不知奇迹而去。

不可理解的打击落在第三者信吾头上。

然而，两人偶然坐在自己前面，自己也观察到奇迹，或许也参与了奇迹。信吾一直琢磨着。

究竟是何方大神，创造这一对父女般长相酷似的男女，让他们一生只有半小时相遇，而且正巧使信吾看到了呢？

而且，这位年轻女子所等待的人没有来，随后她就和父亲一般的男人促膝同乘一趟电车。

这就是人生？信吾只能独自嘀咕。

列车停靠户冢车站，打盹的男子慌忙站起身来，将行李架上的帽子碰掉了，落在信吾的脚边。信吾给他拾起来。

“哎呀，谢谢！”

男子没有掸灰尘，戴在头上就走了。

“真是不可思议，那两人全然是素昧平生。”信吾放开嗓门说。

“相貌相似，穿戴不同啊。”

“穿戴?”

“女儿干净利落。刚才那男子老气横秋。”

“女儿穿戴光鲜，父亲一身褴褛，这世界上有的是，不是吗?”

“不过，质地不同啊!”

“嗯。”信吾点头称是，“女儿在横滨下车，这男子转眼成了孤身一人。此时，我也觉得他突然情绪低落下来……”

“是啊，一开始就是这样啊。”

“但是，看到他突然心情悲戚，我也觉得不可思议，心里同样受到压抑。其实他比我年轻得多呀……”

“老人一旦身边跟随着年轻漂亮的女伴，必定显得精神抖擞起来。爸爸不妨也试试看?”修一似乎说走嘴了。

“因为像你这样的年轻人，总觉得别人都比自己强的缘故啊。”信吾也故意打起马虎眼来。

“我一点也不羡慕。美男艳女走在一起，总觉得心里不踏实。若是丑男伴美女，显得可怜又悲戚。还是美女托付给老人比较稳妥。”

信吾觉得，刚才那对男女实在不可思议，这想法还没有消失。

“不过，两人也可能真的是父女。我忽然想到，可能是他在别处跟另外的女子生的。互相没有见过面，也不知姓名，父亲女儿彼此素不相识……”

修一转头看着别处。

信吾说罢，后悔了。

考虑到修一可能已经想到老爸有意讥刺自己，干脆说：

“譬如你吧，二十年后，你或许就是如此。”

“爸爸想说的就是这个吗？我不是一个悲叹命运的人。敌人的枪弹打耳边嗖嗖穿过，一颗也没有击中。中原与南洋一带，也许会有私生子活着。偶然邂逅又偶然分别，彼此互不相知。这比起子弹呼呼飞过耳畔，又算得了什么？没有生命危险。更何况，绢子未必一定生下女孩子。绢子她说不是我的孩子，我也就认为不是我的好了。”

“战时与和平时代毕竟不同。”

“如今，新的战争也许正向我们逼近。我们心中前回的战争也许亡灵一般追逼着我们。”修一满怀憎恶地说，“爸爸看到那女孩子与众不同，暗暗地有些着迷，转弯抹角，说来说去。一个女人只要同其他女人在某些方面非同一般，就能吸引住男人。”

“你觉得女方与众不同时，就叫她给你生孩子，养孩子，是这样的吗？”

“我并不希望这样，是女方有这个想法。”

信吾一时说不出话来。

“在横滨下车的那个女子，是个自由身。”

“什么叫自由身?”

“未结婚，有求必应。看起来高雅，实际上生活不正常，不安稳。”

信吾对儿子的观察有点惶恐不安。

“我对你也失望了，何时起堕落成这个样子的啊?”

“菊子也是个自由身，她是真正的自由。既不是兵士，也不是囚犯。”修一挑战似的一吐为快。

“说自己的老婆是自由身，什么意思呢? 你对菊子也这么说过吗?”

“请爸爸跟菊子说说看。”

信吾极力控制住情绪。

“你是叫我跟菊子说，你想同她离婚是吗?”

“我不是这个意思。”修一压低嗓音。

“横滨下车的女子，我说她是自由身……正因为那姑娘和菊子年龄相仿，所以您才将他们看成是父女，不是吗?”

“嗯?”

信吾突然被儿子将了一军，他有点茫然失措。

“不是，我是说如果不是父女，那般长相酷似不是一个奇迹吗?”

“但也不像爸爸您说的那般令人感动。”

“不，我很感动。”信吾虽然这么回答，但内心有个菊子，一旦被儿子挑明，那就只能无语了。

扛着红枫的乘客们在大船车站下车了。信吾目送着红枫的枝叶走出站台后，说道：

“回一趟信州看看红叶吧，她们婆媳也一起。”

“好啊。不过，我对观赏红叶不感兴趣。”

“总想看看故乡的山峦。你妈在梦里梦见娘家宅第荒废不堪了。”

“是荒废掉了。”

“能修整时不加修整，很快就荒废了。”

“骨架很结实，还没破烂不堪，不过要加固的话……但是，改修后干什么用呢?”

“这个嘛，我们或许回去养老，弄不好再次疏散时，你们也可以回老家住住。”

“这次我留下看家，菊子还没有跟爸妈去过老家，还是让她走一趟为好。”

“最近菊子怎么样了?”

“我和那女人分手后，菊子似乎也倦怠得可怕。”

信吾只是苦笑。

四

修一礼拜天下午好像又去了钓鱼池。

信吾将在廊下晒过的坐垫并作一排，枕着胳膊肘儿躺在上头，沐浴在和暖的秋阳之下。

阿辉睡在台阶前放拖鞋的石头上。

保子坐在餐厅里，将十天来的报纸堆在膝盖上翻阅。

但凡有趣的记事，她总是喊丈夫念给他听。一次又一次，信吾爱理不理地应上一声之后，便说：

“礼拜天，你就别再看报了。”说罢，他就懒洋洋地翻一下身子。

菊子正在客厅的壁龛前整理王瓜。

“菊子，这个，你是从后山上找来的吗？”

“是的，这个很好看呢。”

“山上还有吧？”

“有的，山上还剩下四五个呢。”

菊子手里的蔓子上，还钉着三颗小瓜。

后山上的王瓜着色了。信吾每天早晨去洗脸，都能从芒草上方看到。走进客厅后，眼睛里还保留一份爽目的殷红。

看着王瓜，菊子也进入眼帘。

自下巴颏到脖颈，无可言状的一副洗练而优美的线条。一代传承不大可能形成这样的线条，经过几代血统，方可产生如此之美。想到这里，信吾心里充满悲戚。

抑或发型衬托出脖颈的秀媚，菊子看起来面孔显得清瘦了些。

菊子修长的颈线美艳无比，信吾早已十分清楚。今天这般在恰当距离内躺下后，从眼睛的角度望过去，显得更加姣好动人。

抑或秋日的光线也很好的缘故。

起自下巴颏的颈线，依然散发着菊子少女时代的馨香。

然而，随着脖颈阴柔而渐趋鼓胀，线条所表露的少女风情眼看就要消泯了。

“还有一条……”保子呼叫信吾，“这条很有趣啊！”

“是吗？”

“这是关于美国的报道。纽约州布法罗这个地方，布法罗……一个男子遭遇车祸，左耳朵掉了，去医院急救。医生急忙出了医院，跑到现场，找到鲜血淋淋的耳朵，快速赶回来，将耳朵缝合起来。此后，直到现在情况都很好。”

“指头切断后立即再接上，也能长得很好。”

“是吗？”

保子读了一会儿别的报道，又想起了什么。

“夫妻不也是吗，离婚后不久又言归于好，有时感情会比先前更深。不过，要是别居太久……”

“你在说什么。”信吾似问非问。

“房子不就是这样吗？”

“相原生死不明，不知去向。”信吾轻声应和。

“他的去向只要托人一调查不就弄清楚了吗？不过……如今不知怎么样了。”

“老太婆真是情思未断啊，离婚申请书都送达很久了，你就彻底断念吧。”

“断念可是我自打年轻时代起就有的长处，不过一想到房子带着两个孩子住在这里，到底不是个办法。”

信吾沉默不语。

“房子貌丑，即使再婚，也是抛下两个孩子而去。那可要累死菊子了。”

“要是这样，菊子他们必定要分居，孩子只能由你这个外婆抚养了。”

“我呀，不是顾惜力气，你以为我六十几岁了？”

“尽人事而待天命。房子又去哪儿了？”

“去看大佛菩萨了，孩子们也有些莫名奇妙的爱好。里子那次去看大佛，回来的路上差点儿被汽车撞伤了。她还是喜欢大佛，经常想再去看看呢。”

“她不是喜欢大佛本身这尊雕像吧？”

“她是喜欢大佛呀。”

“嗯?”

“房子干吗不回老家呢?可以回去继承家业嘛。”

“老家的家业用不着谁继承。”信吾断然地说。

保子不再说话，继续读报。

“爸爸!”这次是菊子呼喊。

“听妈妈提到耳朵的事，想起爸爸谈过的，不知能否把脑袋从躯干上卸下来寄给医院，洗涤和修理一番。”

“是啊，是啊。那时是因为看到附近的向日葵，现在越来越觉得有必要。连打领带的方法都忘了，或许不久把报纸倒过来看都不觉得奇怪了。”

“我也经常想起您说的。我还想到过，把脑袋存在医院后会是什么样子。”

信吾看看菊子。

“嗯，因为每天晚上都像是把脑袋寄存在睡眠医院里一样。也许是年龄的缘故，经常做梦。心有痛苦事，梦中即现实，梦境就是现实的继续——记得我曾读过表达这种意思的一首和歌。虽然我的梦不能算是现实的继续。”

菊子对着自己插好的王瓜左看右看。

信吾也瞧着那些花朵，唐突地说道:

“菊子，还是搬出去住吧。”

菊子猝然回头看看，站起来走到公公身旁坐下。

“我害怕搬出去。修一挺吓人的。”菊子为了不让婆婆听到，压低声音说。

“你打算同修一离婚吗？”

菊子一脸认真的表情：

“要是离婚了，请爸爸继续叫我照顾您，做什么都行。”

“这也是菊子你的不幸。”

“不，我会很高兴，没什么不幸的。”

菊子仿佛第一次表现出如此的热情，信吾不由一怔。他感到危险。

“菊子对我这么好，是不是出于错觉，把我误认为修一了？这样反而会和修一之间造成隔阂。”

“他有些地方我无法理解。有时会突然觉得他好可怕，使我难以应付。”菊子望着信吾，面色惨白地诉说着。

“是啊，他自从出征以后人就变了。他也不让我了解他的真正意图。他是故意的……不是指刚说的那件事。不过，仿佛撕掉的血淋淋的耳朵，即便胡乱地连接起来，也能自然长得很好。”

菊子一直认真地听着。

“修一有没有对你说过，菊子你是自由的呢？”

“没有。”菊子怪讶地抬起眼睛，“什么自由？”

“嗯，我也不懂。我反问过他，说自己的妻子是自由的，到底出于何意呢？仔细一想，修一也许是这个意思：你从我这里变得更加自由；我也给你更多的自由。”

“所谓‘我’，是指爸爸您自己吗?”

“是的。修一叫我对菊子你说，你是自由的。”

此时，天上传来声音。信吾真的从天上听到了响声。

抬头一看，五六只鸽子在庭院上空低低斜斜地飞翔。

菊子似乎也听到了，走到廊子一头。

“我是自由的吗?”她目送着鸽子，眼含热泪。

睡在拖鞋石头上的阿辉也追赶着鸽子的羽音，向庭院对面跑去。

五

这个礼拜天的晚饭，一家七口围在一起吃。

离婚后回娘家久住的房子和两个孩子，如今自然也是家族成员。

“鱼店只有三条香鱼卖，给里子一条。”菊子一边说着，一边将香鱼分给公公、丈夫各一条，然后在里子面前放一条。

“小孩子不要吃香鱼。”房子伸出手，“给外婆吃吧。”

“不。”里子捂住盘子不放。

保子亲切地说：

“好大的香鱼，可能是今年最后一次吃了。外婆不要，外婆吃外公那条，妗子吃舅舅那条……”

这么一来，这里自然分成三组。看来，也应该有三个家。

里子最先吃刚烤好的盐渍香鱼。

“香吗？瞧你那副吃相，真不像样啊！”房子哭丧着脸，用筷子夹上一些鱼子送到小女儿国子嘴里，里子倒没有不愿意。

“鱼子……”保子嘀咕着，用自己的筷子从信吾盘子里扒拉下来一些鱼子。

“过去在乡下，我在你们大姨妈的鼓动下，作过一些俳句，其中包括秋天的香鱼、顺流而下的香鱼和红褐色香鱼之类的季题[①]。”

信吾说到这里，突然看看老妻的脸，继续下去：

“产卵下蛋，疲惫了，姿色也消失得无影无踪了，写的就是那摇摇晃晃游向海里的香鱼。”

“就是我。”房子立即接过话头，“不过我没有香鱼般的容姿，一开始就没有。”

信吾装作没听见。

“从前就有这样的俳句：‘秋天的香鱼，如今寄身于海水。’‘明知身必死，一道道浅滩，香鱼偏要入海去。’瞧，

---

① 俳句中含有季节特征的词语，一般一首俳句中只包含一个季题。香鱼是夏季的季语，如夏目漱石友人东洋城所作：“香鱼香飘散，饭盘里盛着千曲川。”

这多么像我。”

“这就是我。”保子说。

“产卵后游到海里，就要死了吗?”

“确实是要死的。也有躲在河潭里过年的，叫作留栖香鱼。”

“我也许就是那留栖香鱼。”

“看来我不会留栖的。”房子说。

“不过，房子回来后，也胖起来了，气色也好多了。”保子望着女儿说。

“我可不喜欢胖。”

“回到娘家，就像躲藏在河潭里啊。”修一说。

“我不会长久住下去的。我感到厌恶，我愿意下海。”房子提高嗓门，“里子，别再啃了，净剩鱼刺了。”

保子一脸奇怪的表情：

“爸爸关于香鱼的谈论，弄得好不容易吃到一次的香鱼也不香了。”

房子低着头，嘴巴迅速动了一下，郑重地说道：

“爸爸，我想开办一家小商铺，可以吗?比如化妆品店，或者文具店……哪怕位于近郊也没关系。我也想搞个小摊子或小酒馆呢。”

修一似乎一愣：

“姐姐能做个小酒馆的女招待吗?”

“怎么不能？顾客也不是要喝女人的脸蛋子，是想喝酒来着。以为有个漂亮的老婆，就可以胡扯乱说吗？”

“我不是这意思。”

“姐姐完全能做好，女人家个个都会接待客人的。”菊子不假思索地说，“姐姐要是开店，也让我帮帮您吧。”

“哦，那可真是了不起啊！”

修一显得一脸惊讶，晚饭的饭桌上立即静寂下来了。

菊子独自脸红到耳根。

“怎么样，下周星期天，我们一起去乡下看红叶吧？”信吾说。

“看红叶吗，很想去啊。”

保子眼睛发亮了。

“菊子也去吧，你还没有看到过我们的故乡呢。”

“好啊。”

房子和修一依旧怒气冲冲。

“谁留下看家？”房子问。

“我留下。”修一回答。

“我留下！”房子硬是顶他一句。

“不过去信州之前，请爸爸务必答应我刚才的请求。”

“那就得出个结论吧？”信吾一边说着，一边想起怀着孩子回到沼津开办小型西服裁缝铺的绢子。

吃完饭，修一第一个离开了。

信吾揉搓着僵直的脖颈站起来，无心地望了一眼客厅，打开了电灯。

“菊子，王瓜耷拉下来了。太重了吧？”信吾喊道。

对方似乎没听见，传来洗涤盘碗的响声。

译后记

《山音》的创作起始于 1949 年，同《千羽鹤》相伴发表。这一年，作者关闭了 1945 年成立的镰仓文库。

川端康成的《山音》是以家庭生活为题材的小说，日本评论家山本健吉推之为战后日本文学的最高峰。这部作品在对同一家族人物感情的发掘与描写上，笔触细致入微，时时动人心弦，的确是现代日本文学中一部优秀的“家庭小说”。

全书由十六章组成，每一章有一个小标题，自成一个小中心、一个小故事。主人公尾形信吾男女老少一家，经过战争的洗礼，各自的生活道路与精神境界都大有改变，夫妇、亲子、翁媳、婆媳、姐弟之间等，似乎都笼罩着一团暗影。事实上，作者当年也是断断续续将《山音》发表在各家杂志上的，这种结构形式也被应用于《雪国》(没有章节题名)、《千羽鹤》、《舞姬》等写作之中。一个个细微周至的小场景，逐一缝合连缀起来，浑然一体，成为一部完整的作品。这些全靠作者对故事发展的编织综合与构词组句的统摄能力。

开篇第一章《山音》点题，也为全书定下基调。信吾深夜听见后山发出一种莫名其妙的轰鸣，殷殷不绝于耳。这种自然之声，使他联想到死亡的恐怖、战后社会的难以预测。

作者曾经作过如下的表白：

“战败后时代的我，只好回归日本自古以来的悲哀之中。我对战后的世相、风俗，一概不予置信，也不相信现实中一切东西。”（《哀愁》，1947 年 10 月）

作者写作这部小说，正值刚刚步入人生老年阶段，以老人心态厕身家人与社会其间，想是别有一番滋味在心头。主人公面对家庭与社会两种矛盾，始终背负着一种无形的压力，弄得他身心交瘁。他的那种对社会和家庭失去希望的黯然情绪，于我心有戚戚焉。全家人只有儿媳菊子理解他，照顾他，甚至爱他。但小说又不好直接挑明这层关系，欲擒故纵，欲言又止，直到最后都扑朔迷离，不了了之。这是川端文学的惯用手法，也是日本人审美意识的一个特点。

《山音》所描写的“日本自古以来的哀愁”，正是日本中流家庭一种无可名状的黑暗的生存环境。本属于自古以来代代传承下来的哀愁，如今渗入每个家庭成员的肌肤之中。作者一方面深入这些人物感情的角角落落，加以细致描摹；一方面又让遭受丈夫离弃的房子母女闯入这个老少两对夫妇的家庭，此外还有儿子情妇等人的搅和参与，使得日常还算平静的一家生活，呈现出意想不到的复杂状态。这里，不单是一对一的夫妇关系，而是夫妻、父子、母子、婆媳、翁媳、母女、父女、情人、同事等种种关系。这些错综复杂的人物关系网相互交合编织，分别给予每个人不同程度的隐微的心理影响。在诸多关系中，信吾和菊子翁媳的关系，在作者笔下获得扩展，占据了不少场景，成为小说中的一大亮点。

总之，《山音》是战后现代日本老龄社会家庭小说的代表，是川端文学天空的一颗璀璨的明星。

译者

2021 年秋草于春日井

2022 年秋改订

川端康成年谱

明治三十二年（1899）

六月十四日，生于大阪市北区此花町医师川端家，父亲荣吉，母亲GEN，长子，上边有比他大四岁的长姊芳子。

明治三十四年（1901）　两岁

一月十七日，父亲死于肺病。

明治三十五年（1902）　三岁

一月十日，母亲亦死于肺病，康成遂由祖父三八郎（大正三年改名康筹）、祖母KANE领养于原籍之地大阪府三导郡丰川村大字宿久庄字东村（今茨木市宿久庄）。川端家族世世代代担当本村的“庄屋”（村长），大地主。然而，后来祖父将家产抛散精光，一时离开村子。康成母亲死后，祖父祖母又回到昔日村内，建造更小的宅邸而居，养育幼孙。姊芳子寄养于姨族儿女婚家——大阪府东成郡鯰江村蒲生的素封秋冈之家。康成姨父乃众议院议员，母死留有遗金，为川端一族老小生活费之来源。

明治三十九年（1906）　七岁

四月，进入丰川普通高小读书，九月九日，祖母KANE去世（67岁）。

明治四十五年·大正元年（1912）　十三岁

三月，高小六年级毕业。四月，以第一名的优异成绩考入大阪府立茨木中学，早晚徒步往返六公里走读。遂使生来虚弱的身子得到锻炼。

大正三年（1914）　十五岁（初中三年级学生）

五月二十五日，祖父去世（73岁），写作《十六岁日记》。八月，被领养于母亲娘家大地主黑田家。

大正四年（1915）　十六岁

三月，开始住校，立志当作家。向《文章世界》等杂志投稿，皆无反应。

大正五年（1916）　十七岁

相继于当地《京阪新报》连载《H中尉》等习作。四月，任学生宿舍舍长，为低班生小笠原义人所友爱。此种体验后来写入《少年》（1948）一作。秋，同祖父一起生活过的故宅被出售给川端岩次郎。

大正六年（1917）　十八岁

三月，于茨木中学毕业。赴东京寄寓于母亲亲戚家里，准备投考第一高等学校（简称“一高”）文科。九月，进入乙类（英语）学习。

大正七年（1918）　十九岁

十月末，到伊豆旅行。偶遇江湖艺人，同行途中，获得十四岁舞女之好意与温情。

大正八年（1919）　二十岁

六月，于校友会杂志发表小说《千代》。其后，去本乡元町埃拉西咖啡屋，会见名曰“千代”的少女（本名伊藤初代），随之与学友经常出入于该家咖啡屋。

大正九年（1920）　二十一岁

九月，进入东京帝国大学文学部英文科。秋，与石浜金作、铃木彦次郎、今东光等人创立同人杂志《新思潮》，结识菊池宽，长期受其恩顾。

大正十年（1921）　二十二岁

二月，《新思潮》第六次创刊，二号（四月）刊出《招魂祭一景》，引起注目；四号（七月）刊载《油》。十月，往访十六岁的初代，签署婚约。一个月之后，初代毁约。此后康成数度努力，终未成功。

大正十一年（1922）　二十三岁

六月，转入国文科。带着失恋的悲痛，住在汤岛，著文记述当年同舞女和小笠原初遇之情景。

大正十二年（1923）　二十四岁

一月，加入菊池宽所创立的《文艺春秋》，为同人。开始写作有关“千代”的《南方之火》（《新思潮》，七月）。九月一日，关东大地震。

大正十三年（1924）　二十五岁

三月，于东京帝国大学文学部毕业。十月，与横光利一、片冈铁兵、今东光等共同创办同人杂志《文艺时代》。千叶龟雄称这一流派的出现为“新感觉派的诞生”（《世纪》，十一月），此后，人们渐渐以此名呼之。

大正十四年（1925）　二十六岁

发表《新进作家的新倾向解说》（《文艺时代》，一月）、《十七岁日记》（《文艺春秋》，八、九月）。《十七岁日记》后改为《十六岁日记》发表。这一年几乎都住在伊豆。

大正十五年·昭和元年（1926）　二十七岁

发表《伊豆的舞女》（《文艺时代》，一、二月）。四月，住在市谷左内町，开始与留守的松林秀（夫人秀子）一起生活。和横光利一等结成新感觉派电影联盟。六月，出版处女作品集《感情装饰》（金星堂）。

昭和二年（1927）　二十八岁

在汤岛疗养的梶井基次郎经常去汤本馆看望川端康成，帮助校对作品集《伊豆的舞女》（金星堂，三月）。四月，去东京参加横光利一结婚典礼。此后一直未回汤岛，入住于杉并区马桥。五月,《文艺时代》终刊。初次在报纸上连载小说《海的火祭》(《中外商业新报》,八月至十月)。十二月,租住热海小泽的鸟尾子爵别庄,至翌年春。

昭和三年(1928)　二十九岁

无产阶级文学隆盛,结交片冈铁兵等众多左倾势力。当局加强镇压左翼人士,林房雄、村山知义等一时寄居于川端之处。五月,移居大森。附近宇野千代夫妇、萩原朔太郎、广津和郎群集,交际频繁。开始爱好养犬。

昭和四年(1929)　三十岁

九月,移居上野樱町。往返于浅草,为写作《浅草红团》取材,发表于《东京朝日新闻》十二月至翌年二月。十月,加入堀辰雄主编的《文学》杂志同人集团。

昭和五年(1930)　三十一岁

加入中村武罗夫等十三人俱乐部,同新兴艺术派新人交往。为倡导新心理主义,横光利一写作《机械》(《改造》,九月),川端写作《针和玻璃和雾》(《文学时代》,十一月)、《水晶幻想》(《改造》,翌年一月)。

昭和六年(1931)　三十二岁

九月,“九一八”事变爆发。说服舞蹈家梅园龙子脱离浅草喜剧团,劝其学习西洋舞蹈音乐及英语等。十二月,同秀子订婚。

昭和七年（1932）　三十三岁

三月，千代（婚后为樱井初代）拜访川端家。创作《致父母的信》《抒情歌》《化妆和口哨》等。

昭和八年（1933）　三十四岁

二月，《伊豆的舞女》首次拍制电影（田中绢代主演）。无产阶级作家小林多喜二遭虐杀。写作《禽兽》《临终的眼》等。

昭和九年（1934）　三十五岁

六月，初访越后汤泽，十二月再访。《雪国》执笔。

昭和十年（1935）　三十六岁

以《暮景中的镜子》为起始，《雪国》各章连载于各报纸杂志。一月，担任芥川文学奖评审委员。同被遗漏的太宰治往来交信。十二月，听林房雄劝，迁居镰仓。

昭和十一年（1936）　三十七岁

向《文学界》推荐北条民雄《生命的初夜》，震动文坛。夏，赴轻井泽，开始关注信州。

昭和十二年（1937）　三十八岁

七月，《雪国》（创元社，六月）荣获文艺恳话会奖。战争开始，写作《牧歌》，以信州为舞台，描写战争时代的社会百相。九月，购买轻井泽别墅。

昭和十三年（1938）　三十九岁

出版《川端康成选集》（九卷，改造社）。观看本因坊秀哉退隐比赛，于《东京日日新闻》连载观战纪实。后来，据此创作《名人》。

昭和十五年（1940）　四十一岁

《爱的人们》（副题《母亲的初恋》）、《逝去的人》、《年暮》等九篇，相继发表于《妇人公论》。

昭和十八年（1943）　四十四岁

三月，领养表兄黑田秀孝三女麻纱子为养女。创作《故园》，发表于《文艺》六月至翌年一月。四月，为梅园龙子做媒，并出席婚礼。

昭和十九年（1944）　四十五岁

战争激烈时期，亲近《源氏物语》和中世文学等典籍。

昭和二十年（1945）　四十六岁

四月，作为海军报道班成员，采访鹿儿岛鹿屋海军航空队特攻基地，停驻月余。五月，同久米正雄、小林秀雄等开办租书屋“镰仓文库”。八月，日本投降，二战结束。镰仓文库改为大同造纸工厂旗下的大同出版社。

昭和二十一年（1946）　四十七岁

一月，接待三岛由纪夫来访。推荐《香烟》发表于《人间》杂志六月号。十月，转居于镰仓长谷二六四番地，终生居于此地。

昭和二十三年（1948）　四十九岁

五月，《川端康成全集》（十六卷本）由新潮社出版。

六月，任日本笔会第四届会长。十二月，完结版《雪国》由创元社出版。

昭和二十四年（1949）　五十岁

《千羽鹤》《山音》等相继问世。镰仓文库倒闭。

昭和二十五年（1950）　五十一岁

二月，《天授之子》发表于《文学界》。十二月，《舞姬》连载于《朝日新闻》。

昭和二十六年（1951）　五十二岁

八月，《名人》连载于《新潮》。

昭和二十八年（1953）　五十四岁

四月，《波千鸟》连载于《小说新潮》。十一月，当选为艺术院会员。

昭和二十九年（1954）　五十五岁

一月至十二月，《湖》连载于《新潮》。五月，《东京人》连载于《北海道新闻》等。

昭和三十一年（1956）　五十七岁

英译本《雪国》在美国出版。三月，《身为女人》连载于《朝日新闻》。

昭和三十二年（1957）　五十八岁

三月，与松冈洋子一起赴欧，出席国际笔会执行委员会会议。九月，主持召开第二十九届国际笔会东京大会。事前为筹措资金四方奔波。

昭和三十三年（1958）　五十九岁

二月，当选为国际笔会副会长。十一月至翌年四月，因胆结石住院。

昭和三十五年（1960）　六十一岁

《睡美人》，一月至翌年十一月，连载于《新潮》杂志。

昭和三十六年（1961）　六十二岁

《美丽与哀愁》，一月至后年十月，连载于《妇人公论》。《古都》，十月至翌年一月，连载于《朝日新闻》。十一月，荣获文化勋章。

昭和三十七年（1962）　六十三岁

二月，因停服睡眠药出现异常而住院。六月，《古都》由新潮社出版。十月，当选为保卫世界和平七人委员会委员。

昭和三十八年（1963）　六十四岁

四月，财团法人日本近代文学馆成立，任监事。《臂腕》，八月至翌年一月，连载于《新潮》。

昭和三十九年（1964）　六十五岁

《蒲公英》，六月至昭和四十三年十月，连载于《新潮》。

昭和四十年（1965）　六十六岁

四月起一年间，NHK 播送电视连续剧《玉响》。十月，辞去日本笔会会长职务，由芹泽光治良接任。

昭和四十三年（1968）　六十九岁

七月，担任今东光参议院议员选举委员会事务局长。十月，作为日本人，首次荣获诺贝尔文学奖。十二月，应邀前往斯德哥尔摩出席授奖式，会上发表演讲《我在美丽的日本——序说》。

昭和四十五年（1970）　七十一岁

十一月二十五日，三岛由纪夫剖腹自杀。

昭和四十六年（1971）　七十二岁

一月，担任三岛葬仪委员会委员长。

昭和四十七年（1972）　七十三岁

三月，因阑尾炎住院。四月十六日，于逗子马丽娜公寓含煤气管自杀。十月，财团法人川端康成纪念会成立。

昭和五十六年（1981）

为纪念川端康成逝世十周年，新潮社出版新版《川端康成全集》（三十五卷，增补两卷，凡三十七卷）。

（2020年夏据羽鸟彻哉所编年谱并参阅其他诸家作成）